Jet
[amor]

Biblioteca

DANIELLE STEEL

[!]

Danielle Steel nació en Nueva York y estudió en su país y en Europa. Desde que en 1973 publicó su primer libro, *Going Home*, se ha convertido en la autora más leída de nuestro tiempo, con más de doscientos millones de ejemplares vendidos en todo el mundo. Ha publicado más de treinta novelas, la mayoría de las cuales ha alcanzado el primer puesto en las listas de *bestsellers*, y desde 1981 sus títulos aparecen ininterrumpidamente en la lista del *New York Times*. Su nombre figura en el libro Guinness de los récords por haber tenido tres obras en la lista de *bestsellers* al mismo tiempo. Plaza & Janés ha publicado sus títulos *Accidente*, *El regalo*, *Volar*, *Relámpago*, *Cinco días en París*, *Malicia* y *El honor del silencio*, que han recibido una calurosa acogida por parte de los lectores españoles.

DANIELLE STEEL

UNA ENTREGA ESPECIAL

Traducción de
Silvia Komet

PLAZA & JANÉS EDITORES, S.A.

DeBOLSILLO

Título original: *Special Delivery*
Diseño de la portada: método, comunicación y diseño, s. l.

Primera edición en U.S.A.: julio, 2002

© 1997, Danielle Steel
© de la traducción: Silvia Komet
© 1998, Plaza & Janés Editores, S. A.
   Travessera de Gràcia, 47-49. 08021 Barcelona

Printed in Spain – Impreso en España

ISBN: 1-4000-0278-8

Distributed by B.D.D.

*A Tom,
por todos los momentos felices,
con todo mi amor,*

d.s.

1

Las ruedas del Ferrari rojo chirriaron cuando giró en la esquina y entró pulcramente en el sitio donde Jack Watson lo dejaba siempre: el aparcamiento de Julie's, su boutique de Beverly Hills. Le había puesto ese nombre hacía exactamente veinte años en honor a su hija, que en aquella época tenía nueve. La tienda, al principio, cuando Jack decidió abandonar la producción cinematográfica, no era más que un pasatiempo, un entretenimiento.

Había sido productor de siete u ocho películas de bajo presupuesto que pasaron sin pena ni gloria, y los doce años anteriores había trabajado intermitentemente de actor. Su carrera en el cine había sido relativamente irrelevante. Todas las esperanzas y promesas no acabaron como había imaginado, sino más bien en una serie de desilusiones. Pero su suerte cambió por completo al entrar en el mundo de la moda, con la inesperada ayuda de un tío que le dejó algo de dinero. Sin proponérselo siquiera, su tienda se convirtió en un éxito. Las mujeres de Los Ángeles eran capaces de matar con tal de comprar en Julie's. Al principio lo ayudaba su esposa, pero al cabo de dos años Jack decidió que tenía mejor ojo que ella para elegir las prendas. También, para gran disgusto de ésta, tenía muy buen ojo para las mujeres que llevaban esas prendas. Todas las actrices de la ciudad, figuras de sociedad, modelos o simples amas de casa con dinero para gastar, querían comprar en Julie's y... conocer a Jack Watson. Era uno de esos hombres que no tenía que hacer el menor esfuerzo para gustar. Las mujeres acudían como moscas a la miel. Les encantaba. Y a él también.

Dos años después de abrir la tienda, su mujer lo abandonó; cosa que esperaban todos, menos él. Tenía que reconocer que durante los siguientes dieciocho años no la había echado de menos. Se habían conocido durante el rodaje de una película. Ella se había presentado a una prueba y se pasaron las siguientes dos semanas embarcados en una gran pasión en la casa que Jack tenía en Malibú. Él estaba muy enamorado y se casaron al cabo de seis meses, y ésa fue su primera y última incursión en el matrimonio. Duró quince años y tuvieron dos hijos, pero acabó con toda la amargura y el veneno con que, según él, terminaban todos los matrimonios. Durante los años siguientes, sólo una vez había tenido la tentación de volver a intentarlo con una mujer demasiado inteligente para querer atraparlo.

Era la única a quien había sido fiel, la única que le inspiraba el deseo de serlo. Jack, por entonces, tenía más de cuarenta años y ella treinta y nueve.

Era una pintora francesa de mucho éxito con la que había vivido dos años. Había muerto en un accidente camino a Palm Springs, donde iba a reunirse con él. Jack creyó que jamás lo superaría. Por primera vez en su vida supo lo que era el dolor de verdad. Dorianne Matthieu era la personificación de sus sueños. Jack, en sus raros momentos de seriedad, aún manifestaba que era la única mujer que había amado, y lo decía en serio. Era divertida e irreverente, sensual y bella, y, a su manera, increíblemente extravagante. No le dejaba pasar ni una y decía que sólo una tonta se casaría con él. Pero Jack nunca había dudado de que lo quería de verdad. Y él la adoraba. Lo llevó a París para presentarle a sus amigos y viajaron a todas partes: Europa, Asia, África, Sudamérica. Los momentos que pasaban juntos para él siempre tenían un toque mágico. Su muerte lo dejó con un vacío tan profundo y una sensación de pérdida tan abrumadora que Jack creyó que acabaría con él.

Desde entonces había habido muchas mujeres en su vida para llenar sus noches y sus días. Durante los doce años transcurridos desde la muerte de Dori, casi no había estado solo, pero no había vuelto a enamorarse. Y tampoco lo deseaba; para él, el amor era demasiado doloroso. A los cincuenta y nueve años, Jack Watson poseía lo que siempre había deseado: un negocio que no hacía más que prosperar y producir dinero.

Había abierto la tienda de Palm Springs antes de la muerte de Dori, otra en Nueva York cinco años después, y, desde hacía dos años, barajaba la posibilidad de abrir una en San Francisco. Pero a su edad no sabía muy bien si quería los dolores de cabeza de una nueva sucursal. Si su hijo Paul se decidía a entrar en el negocio... Pero hasta ese momento no había tenido mucha suerte para convencerlo de que dejara su propia carrera. Paul, a los treinta y dos años, era un joven productor de mucho éxito. Le iba mucho mejor de lo que le había ido jamás a su padre, y le encantaba su trabajo. Pero Jack desconfiaba profundamente de la inseguridad de la industria cinematográfica con sus desengaños casi inevitables. Habría hecho cualquier cosa para atraer a su hijo al negocio familiar. Quizá algún día... Pero, por el momento, Paul no quería ni oír hablar del asunto.

Paul estaba enamorado de su trabajo y de su mujer. Hacía dos años que se había casado y lo único que aparentemente le faltaba en la vida, o al menos eso manifestaba, era un niño. Jack ni siquiera estaba seguro de que le importara tanto, pero era evidente que a Jan sí le importaba. Su mujer trabajaba en una galería de arte, y Jack siempre había tenido la impresión de que se limitaba a pasar el rato hasta que llegaran los hijos. Para su gusto era un poco insulsa, pero buena chica, y evidentemente hacía feliz a Paul. Además, era guapa. Su madre, Amanda Robins, era una actriz retirada hacía tiempo, una belleza legendaria. Una rubia alta y esbelta que a los cincuenta años aún conservaba su atractivo. Había abandonado una extraordinaria carrera de actriz de cine hacía veintiséis años para casarse con Matthew Kingston, un banquero muy serio y respetable y, para Jack, increíblemente aburrido. Tenían dos hijas muy guapas, una mansión en Bel Air y se movían en círculos de lo más selectos.

Amanda era una de las pocas mujeres de Los Ángeles que nunca compraba en la tienda de Jack. En las contadas ocasiones en las que sus caminos se cruzaban, ella le hacía notar que no lo aguantaba. Parecía odiar todo lo que él era y representaba. Tampoco le habría sorprendido enterarse de que Amanda había hecho todo lo posible para evitar que su hija se casara con Paul Watson. Su marido y ella veían con malos ojos el mundo del espectáculo y estaban seguros de que a la larga Paul resultaría tan promiscuo como su padre. Pero no fue así. Paul era un chico serio y ya les había demostrado que era un marido serio y digno de confianza, y terminaron aceptándolo en el seno de la familia, cosa que no sucedió con su padre, que nunca había gozado de sus simpatías. La reputación de Jack era bien conocida en Los Ángeles. Se trataba de un hombre bien parecido que estaba en todas partes, famoso por irse a la cama con todas las modelos y jóvenes actrices que se cruzaban en su camino y que no se avergonzaba de ello. Era amable con todas –demasiado amable en realidad–, generoso, inteligente, agradable, una buena compañía y muy divertido. Las mujeres con quienes salía lo adoraban, y de vez en cuando alguna era lo bastante insensata para pensar que a lo mejor podía «pescarlo» para algo más que una aventura pasajera. Pero Jack Watson era demasiado listo para dejarse cazar. Las mujeres entraban y salían de su vida antes de que tuvieran tiempo de empezar a dejar la ropa en su armario. Además, siempre era sincero con ellas:

13

no hacía promesas ni creaba falsas expectativas. Se lo pasaban bien con él. Las llevaba a todos los sitios con que habían soñado o sobre los que habían leído, las invitaba a los mejores restaurantes, y, antes de que se dieran cuenta de lo que les estaba pasando, las dejaba y se iba con otra. Se quedaban con el recuerdo de una aventura agradable, aunque breve, con un hombre guapo y sexy al que les hubiera gustado retener un poco más.

Era imposible enfadarse con Jack, o estarlo durante mucho tiempo. Era puro encanto irresistible, hasta para dejarlas. De vez en cuando salía con mujeres casadas, pero siempre les hablaba muy bien de sus maridos. Jack Watson era un individuo divertido, fantástico en la cama y un playboy incorregible. No pretendía ni por una milésima de segundo ser otra cosa. A los cincuenta y nueve todavía parecía diez años más joven. Cuando tenía tiempo iba al gimnasio, nadaba a menudo en el mar –conservaba su casa de Malibú– y le gustaban las mujeres casi tanto como su Ferrari rojo. Lo único que le importaba de verdad, y era muy serio en eso, eran sus hijos. Julie y Paul eran lo más importante de su vida y siempre lo serían. La madre de sus hijos era un recuerdo borroso y, cada vez que pensaba en ella, todavía le daba las gracias por haberlo abandonado. Durante los últimos dieciocho años había hecho exactamente lo que quería, incluso mientras estuvo con Dori. Era un consentido, tenía dinero y un negocio boyante. Las mujeres lo encontraban irresistible y, encima, él lo sabía. Curiosamente, no era una persona arrogante y casi siempre estaba contento. Le encantaba pasárselo bien.

Sus amantes solían describirlo como «adorable». Lo adoraban y él las adoraba a ellas.

–Buenos días, Jack –lo saludó el encargado de Julie's mientras cruzaba la tienda en dirección al ascensor privado.

Su despacho, completamente revestido de acero y piel negra, estaba en el cuarto piso. Lo había diseñado una famosa decoradora italiana, otra conquista dispuesta a abandonar a su marido arquitecto y a sus tres hijos por él, pero Jack le aseguró que si vivían juntos se volvería completamente loca. Cuando terminó la aventura, ella ya estaba convencida. Ver cómo funcionaba Jack en su pequeño mundo privado era apasionante y, en cierto modo, inquietante.

Sabía que arriba lo esperaba una taza de café y, más tarde, un almuerzo liviano. Consultó su reloj; había llegado una hora tarde al trabajo porque había ido a nadar al mar. Era enero y el agua estaba fría, pero hacía buen tiempo. Le encantaba nadar en el mar, su casa de la playa y el trabajo.

Aunque siempre tanteaba el terreno con las mujeres, en el trabajo era de lo más disciplinado. No era casualidad que Julie's fuese una de las pequeñas cadenas de boutiques más prósperas. Mucha gente le había propuesto que cotizara en bolsa, pero Jack aún no estaba preparado. Le gustaba tener el control y ser el único dueño. De esa forma no tenía que consultar sus decisiones con nadie, ni rendir cuenta a nadie. Julie's era la niña de sus ojos al ciento por ciento.

En su despacho, tenía una pila de mensajes bien ordenados, la lista de las citas de aquella tarde y algunas muestras que esperaba de París. Eran maravillosas. Dori le había hecho conocer el milagro de las telas francesas, la comida francesa, el vino francés y... las mujeres francesas. Aún tenía debilidad por ellas. Gran parte de la ropa que vendía en Julie's era importada.

El intercomunicador sonó en cuanto se sentó y Jack pulsó el botón mientras miraba las telas francesas.

–Sí –le habló a la máquina con indiferencia, con esa voz que volvía locas a las mujeres, menos a Gladdie, su secretaria.

Lo conocía demasiado bien para dejarse impresionar. Hacía cinco años que trabajaba para él, y sabía todo lo que había que saber sobre él. Las mujeres que trabajaban en su oficina eran sagradas. Jamás se liaba con ellas. Era una de sus reglas inviolables.

–Paul está en la línea. ¿Quiere hablar con él o le digo que está ocupado? Su cita de las diez y cuarto llegará de un momento a otro.

–Que espere. –Se trataba de una cita con un mayorista de Milán que trabajaba con bolsos de lagarto y cocodrilo–. Cuando llegue entreténgalo unos minutos. Primero quiero hablar con Paul.

Si podía, siempre atendía a sus hijos. Levantó el auricular con una sonrisa. Paul era un buen chico y Jack lo quería mucho.

–¿Qué tal? ¿Cómo estás?

–Te llamo para ver si quieres que te pase a buscar. ¿O prefieres que nos encontremos allí?

Paul, a diferencia de Jack, era callado por naturaleza, pero ese día parecía deprimido.

–¿Que nos encontremos dónde?

Se sorprendió de que Paul le ofreciera pasar a buscarlo. No recordaba haber concertado ninguna cita, y cuando quedaba para verse con sus hijos solía recordarlo.

–Vamos, papá. –Paul parecía un poco exasperado y estresado. Era evidente que no le hacía ninguna gracia la respuesta de su padre–. No es ninguna broma.

–No estoy bromeando –dijo Jack mientras dejaba los tejidos franceses y echaba una ojeada a los papeles que tenía sobre el escritorio para ver si le daban alguna pista–. ¿Adónde tenemos que ir? –De pronto lo recordó–. Vaya, Dios mío...

Era el funeral del suegro de Paul. ¿Cómo demonios se había olvidado? Pero no lo había apuntado y tampoco se lo había dicho a Gladdie, de lo contrario ésta se lo habría recordado la tarde anterior y esa mañana.

–Lo habías olvidado, ¿verdad? –El tono de Paul era claramente acusador. Era evidente que le fastidiaba–. No puedo creerlo.

–No, no me había olvidado, pero estaba pensando en otra cosa.

–Tonterías. Te has olvidado. El funeral es al mediodía, y después hay un almuerzo en la casa. A la comida no tienes por qué ir, pero creo que estaría bien que fueses.

Su hermana Julie también había prometido asistir.

–¿Cuánta gente crees que habrá? –preguntó Jack tratando de reorganizar las citas de la tarde.

No sería fácil, pero como era importante para Paul, lo intentaría.

–¿En el almuerzo? No sé… conocen un montón de gente, probablemente doscientas o trescientas personas.

Jack también se había quedado sorprendido de ver más de quinientas personas en la boda de su hijo. Había ido gente de todo el país, sobre todo invitados de los Kingston.

–Entonces nadie echará de menos mi presencia en el almuerzo –dijo Jack con sentido práctico–. Gracias por tu ofrecimiento de venir a buscarme, pero nos veremos en el funeral. De todas formas, seguramente tendrás que estar con Jan, su madre y su hermana. Yo estaré por allí.

–Asegúrate de que Amanda te vea –le sugirió Paul–. Jan se disgustará mucho si su madre cree que no has asistido.

–Su madre, en cambio, estará más contenta si no aparezco –rió Jack, que no se andaba con rodeos sobre la animosidad que había entre ellos.

En la boda de su hijo había bailado un par de veces con Amanda Kingston, pero ella, sin pronunciar palabra, había dejado muy claro que Jack le caía francamente mal. Como todo el resto de la ciudad, solía leer cosas que los periódicos publicaban sobre él. Amanda, desde que se había retirado del cine, había adoptado el criterio sobrio de su marido: la gente debía salir en los periódicos cuando nacía, se casaba o moría. Jack aparecía porque lo habían visto con tal actriz medio famosa, con alguna *starlet* en ciernes o por haber organizado alguna juerga sonada en Julie's. La tienda era famosa, y él también, por las fabulosas fiestas que ofrecía en honor de los diseñadores y clientes. La gente se moría porque la invitaran, lo que sin duda no era el caso de los Kingston. Como Jack sabía que no asistirían, tampoco se molestaba en invitarlos.

–En todo caso, sé puntual. Si pudieras, llegarías tarde a tu propio funeral.

–Cosa que no sucederá en el futuro inmediato, gracias a Dios –comentó Jack mientras pensaba en el ataque de corazón que había acabado con Matthew Kingston.

Había muerto hacía dos días mientras jugaba al tenis, y era dos años menor que Jack. Amanda acababa de cumplir los cincuenta. Sus compañeros de juego habían hecho lo posible por reanimarlo, pero en vano. A los cincuenta y siete años, lo lloraba su familia, toda la banca y la gente que lo conocía. Pero a Jack siempre le había caído mal. Pensaba que era pedante, retrógrado y aburrido.

–Nos vemos en el funeral. Tengo que ir a recoger a Jan a casa de su madre. Ha pasado la noche allí.

–¿Necesita algo? ¿Un sombrero? ¿Un vestido? Puedo pedirle a alguna de las chicas que escoja lo que haga falta y tú lo recoges de camino.

–No, no hace falta –sonrió Paul. Su padre a veces era un impresentable, pero era un buen hombre y Paul lo quería–. Creo que Amanda ya se ha ocupado de todo. Está destrozada por lo de Matt, pero es increíblemente organizada. Es una mujer asombrosa.

–La reina de los hielos –dijo Jack. Se arrepintió inmediatamente, pero ya era tarde.

–Es muy desagradable decir algo así de una mujer que acaba de perder a su marido.

—Lo siento. Lo he dicho sin pensar.

Pero no se equivocaba tanto. Amanda siempre parecía bajo control y absolutamente perfecta. Sólo verla, provocaba en Jack unas ganas irresistibles de despeinarla y quitarle la ropa. Incluso en aquel momento, mientras colgaba el teléfono, la idea le pareció divertida y pensó en su consuegra, cosa que hacía muy raramente.

Lo sentía por ella. Todavía recordaba demasiado bien su propio estado tras la muerte de Dori; pero la suegra de Paul tenía algo tan frío y distante que costaba tenerle lástima de verdad. Era insoportablemente perfecta y seguía tan guapa como cuando dejó el cine, a los veinticuatro años, para casarse con Matthew Kingston. La boda había sido todo un acontecimiento de Hollywood y de la alta sociedad, y la gente hizo conjeturas y apuestas sobre cuánto tiempo tardaría en aburrirse y volver a las pantallas. Pero no volvió. Conservó su helada belleza y dejó su carrera para siempre. No resultaba difícil imaginar que Matthew Kingston tampoco se lo habría permitido. Se comportaba como si fuera el dueño de Amanda.

Jack abrió el armario del vestidor y se alegró al ver que había dejado un traje oscuro. No era uno de sus favoritos, pero al menos servía para la ocasión. Las corbatas que encontró en su pequeña colección para emergencias, sin embargo, eran todas rojas, azul eléctrico o amarillas. Se dirigió al despacho de Gladdie.

—¿Por qué no me recordó lo del funeral? —la riñó sin convicción.

No estaba enfadado y ella lo sabía. Jack era una

de las pocas personas que asumía sus propios erro-
res, una de las muchas razones por las que a
Gladdie le gustaba trabajar para él. A pesar de su
fama de juerguista e irresponsable, ella lo conocía
muy bien. Como jefe, era amable, generoso, fia-
ble... Ser empleada suya era un auténtico placer.

—Pensé que ya lo tenía resuelto. ¿Se había olvidado? —preguntó Gladdie con una sonrisa.

Jack asintió y le devolvió una sonrisa adormilada.

—Algo freudiano, seguramente. Odio ir a los
funerales de hombres menores que yo. Hágame un
favor, Glad, vaya a Hermès y tráigame una corbata oscura. Que no sea muy depresiva, sólo lo suficientemente seria como para no avergonzar a Paul.
Ah, trate de que no tenga mujeres desnudas estam-
padas.

Gladdie rió y cogió el bolso en el momento en
que entraba el empresario milanés con su secretaria. La reunión iba a ser muy breve.

A las once, Jack había hecho un pedido de cien
bolsos y Gladdie ya había vuelto de Hermès con
una corbata gris pizarra con pequeños dibujos
geométricos blancos. Era perfecta.

—Buen trabajo —le dijo agradecido mientras se la
ponía y se hacía un nudo impecable sin mirarse en
el espejo.

Llevaba el traje oscuro, camisa blanca y zapatos franceses cosidos a mano. Estaba increíblemente guapo con ese pelo rubio oscuro, los ojos castaños de mirada cálida y las facciones cinceladas de
su rostro.

—¿Parezco respetable?

–No sé si usaría esa palabra para describirlo...
creo que hermoso se ajusta más. –Gladdie le sonrió completamente inmune a sus encantos, lo que
a él siempre le resultaba placentero. Estar con ella
siempre era algo muy relajante porque no le importaba su aspecto ni su reputación de seductor,
sólo su eficiencia en el trabajo–. Tiene muy buen
aspecto, de veras. Paul estará orgulloso.

–Eso espero. A lo mejor la suegra decide no
llamar a la brigada antivicio cuando me vea entrar.
Dios mío, detesto los funerales.

Sintió como si una mortaja cayera sobre él y
recordó a Dori. Dios, qué horror... la impresión
y ese dolor insoportable. El misterio puro de inten-
tar comprender por qué se había ido para siempre.
Tardó años en superarlo. A pesar de que trató de
llenar el vacío con cientos de mujeres, jamás cono-
ció a otra como ella. Era tan cálida, tan hermosa,
tan sensual, pícara y atractiva... Pensar en ella,
mientras bajaba en el ascensor con su traje oscuro,
lo deprimió. Habían pasado doce años desde su
muerte y aún la echaba de menos.

Ni siquiera se fijó en las mujeres que lo admi-
raban mientras salía de la tienda y se subía al
Ferrari rojo. Arrancó con un rugido del poderoso
motor y al cabo de cinco minutos estaba en el
boulevard de Santa Mónica, en dirección a la Iglesia Episcopal de Todos los Santos, donde se ce-
lebraba el servicio. Eran las doce y diez de una
soleada mañana de enero en Los Ángeles. Todo el
mundo parecía ir a alguna parte y el tráfico estaba
peor que nunca.

Llegó veinte minutos tarde, entró silenciosamente en la iglesia y se sentó en un banco. No se imaginaba que habría tanta gente. Desde su sitio calculó unas setecientas u ochocientas personas, aunque era imposible que fueran tantas.

Trató de localizar a su hija Julie, pero estaba perdida entre el gentío. Ni siquiera veía a Paul, en la primera fila, sentado entre su mujer y su cuñada. La gente también le tapaba a la viuda. Lo único que veía era la inexorable inevitabilidad del ataúd, tan rígido y severo, de caoba con asas de bronce, cubierto con un ramo de musgo y diminutas orquídeas blancas. Eran hermosas, a pesar de lo lúgubre, como el resto de las flores de la iglesia. Había orquídeas por todas partes. Y Jack se dio cuenta de que eran obra de Amanda. Se trataba del mismo cuidado con los detalles que había tenido en las bodas de sus hijas.

Pero Jack enseguida se sumió en sus propios pensamientos y recordó su propia condición mortal durante el servicio religioso. Un amigo del difunto pronunció unas palabras, así como sus dos yernos. El discurso de Paul fue breve y conciso, pero muy emotivo. Más tarde Jack lo felicitó y, a su pesar, se le llenaron los ojos de lágrimas.

–Has estado muy bien, hijo –le dijo con voz ronca–. Cuando llegue el momento, te dejaré hablar en mi funeral –añadió tratando de quitarle dramatismo, pero Paul meneó la cabeza con cara de desagrado y le pasó la mano por el hombro.

–No te hagas ilusiones. Ni yo ni nadie podríamos decir nada bueno de ti, así que no te molestes.

–Gracias, lo tendré en cuenta. Quizá debería dejar el tenis, ¿no crees?

–Papá... –lo riñó Paul con una rápida mirada de reproche.

En aquel momento Amanda se acercaba despacio y en silencio al sitio donde recibiría el pésame de los asistentes. Jack se sorprendió mirándola. Estaba increíblemente hermosa, y, a pesar de los años pasados, aún parecía una estrella de cine. Llevaba un sombrero grande con velo y un traje negro muy distinguido que parecía hecho por algún modisto francés.

–Hola, Jack –lo saludó con tranquilidad.

Aunque conservaba la compostura, sus enormes ojos azules denotaban tanto dolor que Jack sintió lástima.

–Lo siento, Amanda.

Aunque él no le tuviera mucho cariño, era evidente que estaba destrozada por la pérdida de su marido. No sabía qué más decirle. Amanda apartó la mirada, bajó la cabeza un instante y siguió su camino. Paul se dirigió al encuentro de Jan, que estaba junto a su hermana.

Jack se quedó un momento más, vio que no había ningún conocido y decidió marcharse en silencio, sin molestar a su hijo que estaba muy ocupado.

Al cabo de media hora regresó a la oficina, pero se pasó toda la tarde callado, pensando en ellas, en la familia que había perdido al hombre que la mantenía unida. Aunque a él nunca le había caído bien, lo respetaba y se apenaba por sus seres queridos.

Se puso a hacer diferentes cosas, pero hiciera lo que hiciera, el recuerdo de Dori lo persiguió toda la tarde. Incluso llegó a sacar una foto de ella, cosa que hacía raramente a pesar de que tenía una en un cajón del escritorio para esos momentos. Mientras miraba su rostro sonriente en una playa de Saint Tropez se sintió más solo que nunca.

Gladdie fue a ver qué le pasaba un par de veces, pero comprendió que quería estar solo. Jack le pidió que cancelara las dos últimas citas. Pero a pesar de la depresión, estaba estupendo con el traje oscuro y la corbata que le había comprado ella. Jack no tenía ni idea de que en aquel preciso instante Amanda Kingston hablaba de él en la casa de Bel Air.

–Tu padre ha sido muy amable en venir –le dijo a Paul mientras se retiraban los últimos invitados.

Había sido una tarde interminable para todos, y a pesar de su aplomo inquebrantable hasta ella parecía exhausta.

–Sintió mucho lo de Matthew –respondió Paul.

Amanda asintió y miró a sus hijas. Las dos estaban destrozadas por la muerte del padre y, por una vez, habían dejado de discutir. Jan y Louise apenas se llevaban un año, pero eran completamente diferentes y se peleaban día y noche desde niñas. Ahora habían hecho las paces para consolar a la madre. Paul las dejó solas y fue en silencio a la cocina a servirse una taza de café.

El servicio contratado para atender a las trescientas personas que habían ido a presentar sus respetos a los Kingston seguía allí, retirando platos y vasos.

–No puedo creer que nos haya dejado –susurró Amanda de espaldas a sus hijas mientras miraba el pulcro jardín.

–Yo tampoco –dijo Jan con lágrimas en las mejillas.

Louise suspiró profundamente. Quería a su padre, pero nunca se había llevado bien con él. Siempre creyó que la trataba con más dureza que a Jan y que le exigía mucho más. Su padre se había puesto furioso cuando ella decidió casarse en lugar de estudiar derecho. Era un matrimonio sólido y en cinco años habían tenido tres hijos, pero hasta eso le parecía mal y pensaba que tenía demasiados niños. Sin embargo, no le molestaba que Jan no tuviera ninguna profesión ni le importara tenerla, ni que se hubiera casado con un hombre que trabajaba en la industria cinematográfica y fuera hijo de poco más que un tendero. Paul le caía fatal y Louise no lo ocultaba. Su marido era un abogado de Loeb y Loeb, mucho más apropiado para una Kingston.

Pero mientras Jan lloraba después del funeral, Louise sólo podía pensar en las críticas de su padre, en su carácter tan difícil y en todas las veces que se había preguntado si la quería. Le hubiera gustado decirlo, pero sabía que ni su madre ni su hermana lo comprenderían. A su madre no le gustaba que criticara al padre, pues para ella ya era un santo.

–Quiero que las dos recordéis lo maravilloso que era vuestro padre –les dijo mientras se daba la vuelta con la barbilla temblorosa y lágrimas en los ojos.

Llevaba el cabello rubio peinado hacia atrás y recogido en un moño. Las dos hijas sabían perfectamente que era mucho más guapa que ellas, que siempre lo había sido. Poseía una belleza extraordinaria, cosa que Louise siempre había detestado. Era casi imposible estar a su altura, y Amanda siempre esperaba que fueran poco menos que perfectas. Louise nunca había comprendido el lado más humano de su madre, la vulnerabilidad y la inseguridad que la habían acompañado toda su vida y se ocultaban debajo de esa exquisita fachada. Jan estaba más cerca de ella, lo cual generaba un continuo resentimiento entre las dos hermanas. Louise siempre la había acusado de ser la hija favorita, y Jan no estaba de acuerdo y se sentía injustamente acusada.

–Quiero que las dos sepáis cuánto os quería vuestro padre –continuó Amanda, pero los sollozos la interrumpieron.

No podía creer que su marido se hubiera ido para siempre, que nunca volvería a abrazarla. La peor pesadilla se hacía realidad. Su esposo era todo para ella y no podía imaginarse la vida sin él.

–Mamá… –dijo Jan mientras acunaba a su afligida madre como si fuera una criatura.

Louise salió en silencio de la habitación y se encontró con Paul en la cocina. Estaba sentado a la mesa tomando una taza de café.

–¿Cómo está? –preguntó.

Louise se encogió de hombros. Se le veía el dolor pero, como siempre, mezclado con ira. Sus hijos se habían ido a casa con la niñera y el marido había vuelto a la oficina. Le gustara o no, aparte de Paul, no tenía con quien hablar.

–Está fatal. Dependía completamente de papá. Él le decía cuándo levantarse y cuándo irse a dormir, qué debía y qué no debía hacer, de quién podía ser amiga. No sé por qué se lo permitía. Es espantoso.

–Quizá lo necesitaba –dijo Paul mientras miraba con interés a su cuñada.

Era una persona tan llena de ira y resentimiento que él muchas veces se preguntaba hasta qué punto era feliz en su matrimonio. Como todas las familias, los Kingston tenían sus secretos e intimidades. Paul siempre se sentía intrigado cuando las hijas hablaban de la madre. Cada una la veía a su manera, pero sin duda ambas veían algo muy diferente de la fría fachada que presentaba al mundo. En la intimidad la consideraban una persona completamente dominada y asustada. Paul se preguntaba si no sería ésa la auténtica razón de que no hubiera vuelto a hacer películas. Quizá, además de que Matthew no quisiera, tenía demasiado miedo.

–Lo superará –la tranquilizó, sin saber qué otra cosa decir, mientras ella se servía un vaso de vino. Tenía todos los síntomas de una mujer infeliz–. Jan se ocupará –añadió para consolarla.

Pero el comentario no hizo más que enfurecerla.

–Sí, no me cabe la menor duda. Siempre le está haciendo la pelota y siempre lo ha hecho, desde que éramos niñas. Me sorprende que no le digáis que os vais a venir a vivir con ella, seguro que la impresionaríais. Va a necesitar mucha ayuda para arreglar lo de la herencia y estoy segura de que Jan y tú seríais muy felices si pudierais ayudarla.

–¿Por qué no te calmas, Lou? –le dijo, llamándola como su hermana. Ella le lanzó una mirada encendida, asombrosamente parecida a la de su madre. Pero ahí se acababa el parecido, por lo demás era idéntica a su padre: guapa, pero nada más–. Nadie quiere hacerte daño.

–Es demasiado tarde –replicó mientras se servía otro vaso de vino–, ya me lo han hecho hace años. Tal vez, ahora que papá no está, mamá madura un poco. A lo mejor maduramos todas. –Dejó el vaso y salió al jardín, pero Paul no la siguió.

Jan y Amanda, sentadas en el estudio, la vieron por la ventana.

–Otra vez está enfadada conmigo –se quejó Jan–. Siempre está enfadada por algo.

–Me gustaría que dejarais de pelear –respondió Amanda con tristeza mientras miraba a su hija menor–. Siempre pensé que cuando os hicierais mayores cambiaríais y seríais íntimas amigas, especialmente después de casaros y tener hijos.

Era lo que había imaginado para ellas desde que nacieron, pero, al oír el comentario de su madre, los ojos de Jan se ensombrecieron.

–Bueno, yo no... yo no...

–¿Qué?

Su madre pareció tan confundida y tan triste que Jan, al verla, sintió que se le rompía el corazón.

–No tengo hijos.

Hubo algo en la forma en que lo dijo que a Amanda le llamó la atención.

–¿No quieres tener hijos? –Parecía sorprendida, como si la sola idea de que su hija no quisiera niños fuera una traición.

–Sí –asintió Jan. Miró a su hermana por la ventana. Lou había tenido tres hijos en cinco años como si nada, en cuanto los quiso. Esta vez era Jan la que tenía celos–. Claro que quiero, pero hace un año que lo intentamos y no lo conseguimos.

–Eso no significa nada –le sonrió Amanda–. A veces hace falta tiempo, hay que tener paciencia.

–A papá y a ti no os hizo falta mucho tiempo. Nos tuvisteis en los primeros dos años de casados. –Suspiró mientras Amanda le palmeaba la mano y levantó la mirada. Lo que la madre vio en sus ojos le produjo una enorme congoja. No era sólo tristeza, sino miedo y una terrible desilusión–. Quiero que vayamos al médico, pero Paul no quiere. Cree que es una locura preocuparse.

–¿Has ido a ver a algún médico? ¿Te ha dicho que puede haber algún problema? –Amanda empezaba a preocuparse en serio.

–Me ha dicho que no lo sabe, pero que cree que vale la pena mirarlo. Me dio el nombre de un especialista, pero Paul se puso furioso cuando se lo conté. Dice que su hermana ha tenido hijos y que Lou también, que no hay razón para que nosotros no podamos tenerlos. Pero no siempre es tan sencillo.

Amanda de pronto se preguntó si habría algo que ella no supiera, alguna enfermedad que hubiera tenido su hija de joven, un aborto, pero no se atrevió a preguntárselo.

–Bueno, quizá deberías hacer caso a Paul, al menos por un tiempo, y dejar de preocuparte.

–No puedo pensar en otra cosa, mamá –confesó mientras las lágrimas le corrían por las mejillas y le caían sobre el vestido. Su madre la miró angustiada–. Deseo tanto un hijo… y tengo tanto miedo de no poder.

–Claro que podrás… –Le hacía daño ver a su hija tan desesperada, especialmente en ese momento, cuando acababa de perder a su padre–. Y si más adelante no te quedas embarazada, siempre puedes adoptar.

–Paul dice que nunca lo hará. Quiere tener sus propios hijos.

Amanda tuvo que morderse la lengua para no decirle que Paul no sólo parecía un hombre muy difícil, sino también muy dogmático y egoísta.

–Deja todo eso para más adelante. Ahora cálmate. Te apuesto cualquier cosa a que estarás encinta más pronto de lo que imaginas.

Jan asintió, pero su expresión decía que no estaba convencida del todo. Hacía un año que estaba preocupada y la preocupación empezaba a convertirse en pánico. Pero al menos se había abierto una puerta entre madre e hija.

–¿Y tú qué, mamá? ¿Estarás bien sin papá?

Era una pregunta terrible, y Amanda sacudió la cabeza y se echó a llorar.

–No puedo imaginarme la vida sin él. Jamás volverá a haber otro hombre en mi vida, Jan. Nunca. Hemos estado casados durante veintiséis años, más de la mitad de mi vida. No puedo ni pensar en lo que voy a hacer ahora… en despertarme por las mañanas…

Jan abrazó a su madre y la dejó llorar entre sus brazos. Ojalá pudiera prometerle que se sentiría mejor, pero ella tampoco se la imaginaba sin él. Su padre había sido la fuerza vital de la familia, la protección de Amanda ante el mundo. Le decía todo lo que debía hacer y aunque sólo era siete años mayor que ella, en cierto modo era como una hija.

–No puedo vivir sin él –sollozó Amanda, y Jan sabía que lo decía en serio.

Siguieron hablando del padre durante otra hora hasta que Paul volvió a la habitación. Lou se había marchado llorando sin despedirse, después de verlas hablar por la ventana. Paul tenía trabajo en casa. Eran casi las seis de la tarde, y, en algún momento debían dejar a Amanda, por muy duro que fuese. Tenía que aprender a enfrentarse a la vida sola.

Mientras los saludaba con la mano, con su traje negro en la escalinata de la puerta de la casa de Bel Air, ofrecía una imagen tan desgarradora que Jan se echó a llorar otra vez en cuanto llegaron a la esquina.

–Dios mío, Paul, se morirá sin él.

No podía parar de llorar. Pensaba en el padre que acababa de perder, en la hermana que la odiaba, en esa madre tan apenada y en el niño que temía que no llegaría a tener nunca. Todo junto era completamente abrumador. Paul le cogió la mano mientras conducía y trató de tranquilizarla.

–Con el tiempo lo superará, ya verás. Aún es joven y guapa. Dentro de seis meses tendrá a todo Los Ángeles llamando a la puerta para invitarla a salir. A lo mejor vuelve al cine, todavía está a tiempo.

–No lo hará, aunque lo desee, porque sabe que papá no quería que volviese a hacer películas. La quería sólo para él, y ella accedió porque lo amaba.

Paul no dijo que, si era verdad lo que decía, probablemente Matthew Kingston había sido el hombre más egoísta del mundo, porque Jan lo hubiera matado.

–¿Y cómo puedes decir que mi madre saldrá con otro hombre? Es repugnante.

–No es repugnante –replicó en voz baja–, es una posibilidad. Tiene cincuenta años, Jan. Tu padre ha muerto pero ella no. No vas a decirme que esperas que se pase la vida sola –sonrió, pero Jan lo fulminó con la mirada.

–Claro que no va a salir con ningún otro. Por el amor de Dios, mi madre no es como tu padre. Ha tenido un matrimonio maravilloso, amaba a papá.

–Entonces seguramente querrá volver a casarse. Sería un crimen que no lo hiciese.

–No puedo creer lo que dices –exclamó Jan mientras le apartaba la mano y lo miraba fijamente–. ¿De verdad crees que mi madre empezará a salir con hombres? Eres espantoso, no tienes respeto por nada. Y además no conoces a mi madre.

–Creo que no –dijo con tono conciliador–, pero conozco a la gente.

Jan no volvió a abrir la boca y se quedó mirando por la ventanilla, furiosa. De buena gana hubiera jurado sobre la Biblia que su madre sería fiel a la memoria de su marido el resto de su vida.

2

Amanda Kingston llevó a sus dos hijas al hotel Biltmore de Santa Bárbara en junio. Paul estaba en Nueva York ultimando detalles para una nueva película, y Jerry, el marido de Louise, en un congreso de derecho en Denver. Era el momento ideal para que las tres pasaran unos días juntas. Pero en cuanto llegaron al hotel y se sentaron a charlar, las hijas se dieron cuenta enseguida de lo mal que estaba. No había dejado el luto, iba peinada hacia atrás con un severo moño y no se maquillaba. Cuando Jan le preguntó cómo estaba, Amanda rompió a llorar.

Era uno de los raros momentos en que la preocupación por la madre unía a las dos chicas y les hacía dejar atrás la animosidad.

El domingo por la mañana, mientras la madre aún dormía, las dos bajaron a desayunar al comedor del hotel.

–Tendría que ver a un médico. Está demasiado deprimida –dijo Louise mientras comía unos creps de arándano–. Estoy preocupada. Creo que debería tomar Prozac o Valium… o lo que sea.

–Sería peor. Lo que necesita es salir y ver amigos. La semana pasada me encontré con la señora Auberman y me dijo que no ha visto a mamá desde la muerte de papá. Ya han pasado cinco meses, no puede seguir sentada en casa llorando eternamente.

–A lo mejor sí puede –dijo Louise. Miró a su hermana a los ojos y se preguntó si tenían algo en común–. Tú sabes que eso es lo que deseaba papá. Si hubiese podido dejar instrucciones al respecto, habría dicho que la enterraran con él.

–Qué desagradable eres. –Jan miró con reprobación a su hermana mayor–. ¡Sabes muy bien que no le gustaba verla triste!

–Y tú sabes que le molestaba que tuviera algún tipo de vida propia, además de vernos tomar clases de ballet o jugar al bridge con las esposas de sus socios. Creo que, inconscientemente, mamá piensa que a él le gustaría verla tan deprimida. Creo que tendría que visitar un psiquiatra.

–¿Por qué no la llevamos de vacaciones? –propuso Jan.

Le parecía una buena idea y además podía cogerse unos días libres en la galería, pero Louise no podía dejar a sus hijos.

–Quizá en septiembre, cuando los chicos vuelvan al colegio, podríamos llevarla a París.

–Me parece bien –accedió Louise.

Pero cuando se lo propusieron a Amanda durante el almuerzo, se negó de plano.

–No puedo irme. Tengo mucho que hacer con los trámites sucesorios y no quiero tenerlo pendiente –explicó.

Pero las tres sabían que era una excusa. Simplemente no quería volver al mundo de los vivos sin Matthew.

–¿Y por qué no dejas que se ocupen los abogados, mamá? –preguntó Lou con sentido práctico–. De todas formas lo harán. Y a ti te hará bien viajar un poco.

Amanda titubeó un rato, y al cabo sacudió la cabeza con lágrimas en los ojos.

–No quiero, me sentiría muy culpable –se sinceró con ellas.

–¿De qué? ¿De gastar dinero? Sin duda puedes permitirte un viaje a París.

Y más de uno, como muy bien sabían, pero ése no era el problema, sino uno mucho más profundo.

–No es eso, es que... siento que no tengo derecho a hacer algo así sin Matthew... ¿Por qué tengo que salir a perder el tiempo? ¿Por qué tengo que ir a divertirme? –Empezó a sollozar, pero tenía que decirlo–. ¿Por qué estoy viva y él no? Es tan injusto. ¿Por qué tuvo que suceder? –Tenía la culpabilidad del sobreviviente y ninguna de las dos la habían oído decir algo así jamás.

–Así es la vida, mamá –la consoló Jan–. Ha sucedido y no es culpa tuya ni de nadie. Ha sido mala suerte, pero debes seguir viviendo por ti y... por nosotras. Piénsatelo. Si no quieres ir a París, podemos ir unos días a Nueva York o a San Francisco. Pero tienes que hacer algo. No puedes renunciar a la vida. A papá no le habría gustado.

Pero, al hablar con ella durante el camino de regreso, se dieron cuenta de que todavía no estaba preparada para hacerlo. El duelo por la pérdida del marido era aún tan profundo que ni siquiera quería seguir viviendo ni pensar en hacer algo constructivo o divertido.

—¿Qué tal está? —le preguntó Paul el domingo por la noche, al regresar de Nueva York, cuando Jan lo recogió en el aeropuerto.

—Fatal. Está totalmente perdida. Lou cree que tendría que tomar Prozac. Yo no sé qué pensar. Es como si quisiera enterrarse con papá.

—A lo mejor es lo que hubiera querido tu padre y ella lo sabe.

—Pareces mi hermana —replicó Jan mirando por la ventanilla—. Quiero pedirte algo —le dijo con un tono tan solemne mientras se volvía que Paul le sonrió.

Estaba contento de verla. En Nueva York la había echado de menos.

—Claro. ¿Quieres que le arregle una cita con mi padre? Ningún problema. A él le encantará.

La idea era tan escandalosa que hasta Jan rió, pero al cabo de un instante volvió a ponerse seria. Paul se dio cuenta de que, fuera lo que fuese, era importante para ella.

—Hay algo que me ronda por la cabeza —dijo nerviosa. No sabía muy bien cómo sacar el tema.

—Suéltalo, te escucho.

—Quiero que vayamos a ver un médico, un especialista. Han pasado seis meses desde la última vez que hablamos del tema, y todo sigue igual.

Parecía ansiosa y asustada mientras se lo pedía, pero Paul no se mostró muy comprensivo.

—¡Dios mío, otra vez! No hay manera de que lo dejes, ¿eh? Hace seis meses que estoy trabajando en la película más importante de mi carrera, y tú sólo piensas en tener un hijo. No me extraña que no haya pasado nada, Jan. Estoy más tiempo en los aviones que en casa. ¿Cómo puedes decir que tenemos un problema?

A Jan le sonó a justificación. Siempre había excusas, cosas a las que echarles la culpa, pero el fondo de la cuestión era que no se quedaba embarazada y lo habían intentado más de lo que Paul reconocía.

—Sólo quiero saber si tenemos algún problema. A lo mejor estamos bien los dos, o tal vez tengo algo yo, pero quiero saberlo para poder tratarlo. Eso es todo. ¿Es pedir tanto?

Se le llenaron los ojos de lágrimas y Paul suspiró.

—¿Por qué no te haces una revisión tú? Seguramente cuando te den los resultados ya estarás encinta.

Pero ella no estaba tan segura. Ya hacía más de un año y medio que lo intentaban, y hasta su ginecólogo empezaba a preocuparse. Le había dicho que, si de verdad quería tener hijos, se hiciera más pruebas. No se lo había contado a Paul, pero hacía tres semanas había visitado a un especialista. Hasta el momento no le había encontrado nada, lo que significaba que debía ir Paul.

—Si voy, ¿irás tú después?

—Quizá —respondió Paul sin comprometerse y puso la radio.

Jan volvió a mirar por la ventanilla. Empezaba a parecerle algo irremediable, especialmente con la actitud de su marido.

En agosto, el especialista ya le había confirmado que ella estaba perfectamente, y que, o bien el esperma de su marido y sus óvulos eran de algún modo incompatibles, o que quizá el problema, si es que había alguno, estaba en él.

Pero cuando ella volvió a sacar el tema, Paul se puso furioso y le dijo que dejara de presionarlo. No pasaba por un buen momento –la gran película empezaba a quedar en nada– y estaba harto de hacer el amor según el calendario, y de su histeria cuando al cabo de dos semanas descubría que no estaba embarazada.

–¡Olvídate del asunto durante un tiempo! –le gritó una noche en la que ella quería hacer el amor porque era su época de fertilidad.

Después se fue a tomar unas copas con su padre. Jack tenía un ligue nuevo, una actriz muy conocida, por lo tanto salía a diario en los periódicos. Además, le insistía más que nunca que entrara en el negocio. Su hijo no quería ni oír hablar del asunto y sentía que todo el mundo se metía en su vida y quería algo de él.

En septiembre, Louise y Jan intentaron convencer otra vez a Amanda de irse de viaje, pero no consiguieron nada. Había adelgazado seis kilos, estaba esquelética, seguía deprimida y no progresaba. En diciembre, las dos hijas estaban muy asustadas.

–Tenemos que hacer algo –le dijo desesperada Jan a Louise por teléfono una tarde, dos semanas después del día de Acción de Gracias, que había sido espantoso porque Amanda no había parado de llorar durante toda la comida. Estaba tan mal, que hasta los niños se habían asustado–. No aguanto más.

–Tal vez deberíamos dejarla tranquila –reflexionó Louise–. A lo mejor, sin papá, prefiere pasar el resto de su vida así. ¿Quiénes somos nosotras para decidir lo contrario?

–Sus hijas. No podemos dejarla vivir así. No lo permitiré.

–Entonces más vale que pienses algo. A mí no me hace caso, nunca me lo ha hecho. Tú eres la favorita. Tú eres la que va a su casa todos los días y le pone a escondidas pastillas para dormir en el zumo de naranja. Creo que tiene todo el derecho del mundo a vivir como quiera.

–Louise, por Dios, se está muriendo. ¿No te das cuenta de lo que le pasa? Ha renunciado completamente a la vida. Para estar así podría haberse muerto con papá.

–No tengo la solución, Jan. Es una mujer adulta y yo no soy psiquiatra. Y, francamente, estoy harta de que se compadezca de sí misma. Me molesta verla, me molesta oírla. Es espantoso, pero a ella le gusta. Se regodea en la culpa porque papá ha muerto y ella sigue viva. Así que déjala. Quizá, de un modo enfermizo, es feliz a su manera.

–No la dejaré –insistió Jan.

–No puedes obligarla a vivir. Es ella la que tiene que quererlo, y no quiere. Admítelo, por primera vez es dueña de su vida, y quizá le guste vivir así. Al menos, ahora papá no le dice lo que tiene que hacer.

–Lo describes como si hubiera sido un monstruo –protestó Jan.

–A veces lo era. Por lo menos para mí.

Las hermanas, como siempre, no coincidían en nada.

La semana anterior a Navidad, Paul y Jan recibieron una invitación del padre de Paul para una fiesta en Julie's. Ese año Jan no estaba de humor para asistir, le preocupaba su madre y la deprimía que Paul siguiera sin querer ver al especialista. Pero Paul le dijo que su padre iba a ofenderse si al menos no pasaban un rato por la fiesta.

—¿Por qué no vas sin mí? —le preguntó Jan la mañana de la fiesta. No tenía ganas de ir—. Le prometí a mi madre que pasaría a visitarla por la tarde y seguramente me sentiré peor después de verla.

Su madre estaba cada vez peor, se deslizaba cuesta abajo, de la vida a la muerte, y a Jan le hacía mucho daño ser testigo del derrumbe. Se sentía absolutamente impotente.

—¿Y por qué no la llevas a la fiesta? —le sugirió con brusquedad mientras se iba al trabajo.

Su mujer lo miró irritada.

—¿Has oído algo de lo que te he contado durante todo este año? Por Dios, está deprimida, cada vez más delgada, no ve a nadie. Se limita a estar sentada esperando morirse. ¿De veras crees que irá a una de esas fiestas locas de tu padre? Ni en sueños.

—A lo mejor le haría bien. Al menos pregúntaselo —dijo Paul con una sonrisa.

Jan tenía ganas de tirarle algo. No comprendía nada.

—Tú no conoces a mi madre.

—Pregúntaselo.

—Por favor, también podría decirle que se quitara la ropa y corriera desnuda por las calles de Bel Air.

—Por lo menos los vecinos estarían contentos.

A pesar de su depresión, Amanda seguía siendo una mujer espectacular. A Paul hasta se le había ocurrido la absurda idea de pedirle que interviniera en su próxima película, pero temía preguntarle a Jan qué pensaba. Sabía su respuesta.

–En fin, dile que mi padre estará encantado de verla. Seguro que su presencia le daría gran respetabilidad a la tienda –bromeó mientras le daba un beso de despedida que ella, a su pesar, aceptó.

Jan estaba muy enfadada porque su marido no quería ir al médico a hacerse los análisis y empezaba a pensar que jamás tendrían hijos. En cierto modo, estaba tan deprimida como su madre.

Pero esa tarde vio a Amanda tan delgada, pálida y cansada, tan sin ganas de vivir, que Jan creyó morir de pena. A los cincuenta años, parecía que su vida hubiera acabado. Jan probó de todo, le sugirió todo lo que se le ocurrió, la engatusó, le rogó, la amenazó y le dijo que si no se recuperaba pronto, Louise y ella se irían a vivir con ella y, si era necesario, la sacarían a rastras a la calle.

–Tenéis cosas mejores que hacer que ocuparos de mí. ¿Qué tal va la nueva película de Paul?

Siempre cambiaba de tema, pero al final de la tarde Jan estaba tan molesta y enfadada con ella que se lo dijo.

–Me crispas los nervios. Tienes muchas cosas de las que estar agradecida: una casa maravillosa, dos hijas que te quieren… y lo único que haces es quedarte aquí sentada compadeciéndote y llorando por papá. ¿Acaso no nos quieres, mamá? ¿Por una vez no puedes pensar en alguien más que en ti misma? ¿No ves lo preocupadas que estamos? Dios mío, ya no puedo pensar en otra cosa. En eso y en no poder tener hijos.

Sin querer, se echó a llorar. Su madre la cogió entre sus brazos y se disculpó por el dolor y la preocupación que les causaba. Al cabo de un momento lloraban las dos. Pero lo que había dicho Jan había sido catártico y su madre ya tenía mejor aspecto.

—Ya no te maquillas, mamá, ni te vistes. Tienes el pelo horrible.

Le hacía bien ser sincera con su madre, y Amanda se echó a reír a través de las lágrimas al mirarse en el espejo. Lo que vio no era agradable. Lo que ambas vieron en el espejo era una mujer hermosa, triste, pálida y descuidada. De repente Jan decidió probar la táctica de Paul y le habló de la fiesta que Jack daba esa noche en Julie's.

—¿Una fiesta? ¿En la tienda? —Tal como Jan había previsto, Amanda se horrorizó ante la idea—. ¡Qué locura!

—¿Y no es una locura lo que has estado haciendo contigo todo este año? Vamos, mamá, hazlo por mí. Si no conocerás a nadie. Ponte un vestido, un poco de maquillaje y vayamos juntas. Paul se alegrará.

—Una noche iremos a cenar juntos. Os llevaré a Spago's. A Paul le gustará.

—Quiero que salgas conmigo ahora. No tienes que quedarte mucho rato, pero haz el esfuerzo. Hazlo por mí, por Lou... por papá... a él no le habría gustado verte así. Estoy segura.

Contuvo la respiración mientras miraba a su madre. Estaba segura de que no había manera de que saliera con ella, pero Amanda vaciló.

–¿De veras crees que a tu padre le gustaría que fuera? –preguntó, y Jan asintió suavemente con la cabeza.

Era asombroso lo importante que eso seguía siendo para ella.

–Estoy segura.

Era una mentira pero quería que su madre la creyera. Amanda asintió ligeramente, se dio la vuelta y se dirigió a su cuarto, mientras Jan la seguía perpleja. No se atrevió a preguntarle nada, pero la vio entrar en el vestidor y oyó el crujido de los vestidos. Pasaron cinco minutos antes de que saliera con uno negro en la mano.

–¿Qué te parece? –le preguntó a Jan, que la miraba con los ojos abiertos de par en par, incapaz de creer lo que había conseguido.

De alguna manera había logrado romper el bloqueo y obligarla a salir de su casa y de la tumba de su marido. Era absolutamente asombroso.

–Es demasiado serio, ¿no crees? –Entró con su madre en el vestidor, temerosa de desanimarla, pero el vestido era muy deprimente–. ¿Y aquél? –Señaló uno de color morado que sabía le encantaba.

Recordó que también le gustaba a su padre. Amanda sacudió la cabeza en cuanto su hija se lo señaló, y eligió uno de lana azul marino que siempre le había ido un poco ceñido, pero que en aquel momento, con lo delgada que estaba, le quedaba perfecto y era más juvenil que el primero.

Le daba un aire distinguido, pero al mismo tiempo, mientras se lo probaba delante del espejo, volvía a ser la estrella que había sido. Se puso unos zapatos de tacón azul marino, unos pendientes de zafiro, se peinó hacia atrás con un moño flojo –el peinado característico en muchas de sus películas– y se maquilló levemente.

–Maquíllate un poco más, mamá. ¿No crees?

Amanda se juzgó ante el espejo y coincidió.

–Sólo un poquito más. No quiero parecer una fulana.

–Creo que eso te llevaría más tiempo del que tenemos. –Jan sonrió encantada mirando a su madre.

Estaba espectacular, era la mujer que había conocido y querido toda su vida, no el espantajo en que se había convertido durante el último año, mientras lloraba la pérdida de su marido.

–¿Qué tal estoy? –preguntó Amanda nerviosa–. ¿Parezco yo misma o una piltrafa triste? –Tenía lágrimas en los ojos.

–Eres tú, mamá –respondió su hija también con lágrimas en los ojos, agradecida a los hados o a quienquiera que hubiera convencido por fin a su madre–. Te quiero –le dijo dándole un abrazo.

Amanda se sonó la nariz con delicadeza en un pañuelo, se retocó el carmín de los labios con mano diestra, guardó algunas cosas en un bolso azul marino y miró con admiración a su hija, que llevaba un vestido de lana rojo que le encantaba y se ponía todas las Navidades. Una de rojo y la otra de azul, casi parecían hermanas.

–Eres una buena chica, Jan, y te quiero –le susurró mientras se dirigían a la puerta principal. Amanda no acababa de creerse que se hubiera dejado convencer, pero ahora estaba decidida a ir–. No nos quedaremos mucho rato, ¿de acuerdo? –dijo nerviosa mientras sacaba el abrigo de visón del armario de la entrada. No se lo había vuelto a poner desde la muerte de su marido, pero trató de no pensar en eso por su hija–. No quiero quedarme mucho.

–Te traeré a casa cuando quieras, mamá. Te lo prometo.

–De acuerdo.

Al salir detrás de su hija, parecía increíblemente joven y vulnerable, y, como si se despidiera de alguien que ya no estaba, se volvió un instante, se detuvo y cerró la puerta con suavidad.

3

Los preparativos para la fiesta de la tienda habían comenzado por la mañana temprano. Había guirnaldas sobre las puertas y flores en todos los escaparates. Cerraron a las cuatro en punto. A Jack le encantó el árbol de Navidad lleno de adornos plateados.

–Sé que ya no es políticamente correcto, pero me gusta mucho, y éste es precioso.

La tienda estaba resplandeciente. Había tres barras y cajas de champán francés enfriándose en la cocina. También habían contratado cuatro músicos para animar la fiesta, aunque no para bailar. Esperaban unos doscientos invitados; era una de sus fiestas más exclusivas, sólo para los mejores clientes. También había una lista de famosos que, aunque no solían asistir mucho a fiestas, nunca se perdían una de Jack. Todo el mundo lo quería e iba a sus fiestas.

–¿Qué te parece, Gladdie? –preguntó mientras echaba un vistazo por última vez antes de ir a cambiarse. Se había comprado un traje de Armani para la ocasión.

–Yo lo veo perfecto, Jack, fantástico –respondió Gladdie mientras examinaba todos los detalles. Le encantaban las fiestas de su jefe. Eran maravillosas.

–Voy a subir a cambiarme, eche un vistazo por mí –le dijo mientras desaparecía en el ascensor.

Volvió al cabo de veinte minutos. Parecía una portada de la revista *GQ*. Llevaba un traje azul oscuro que no tenía nada de encorsetado, y lo lucía como un modelo.

–Qué guapo –lo piropeó Gladdie en voz baja cuando reapareció–. Está estupendo. ¿Tiene alguna cita esta noche?

La última *starlet* había pasado a la historia hacía unas semanas, y Gladdie sabía que flirteaba con una modelo muy conocida.

–Un montón –se rió Jack–. Desgraciadamente Starr se ha ido a París esta mañana, pero me ha hecho invitar a su hermana.

–Muy generoso de su parte… o muy tonto… –comentó Gladdie con una sonrisa.

–Creo que tiene un amigo en París –sonrió encantado de la vida.

–¿Vendrán sus hijos? –preguntó Gladdie sirviéndose una copa de champán mientras aparecían los primeros invitados.

Elizabeth Taylor acababa de entrar con Michael Jackson, y justo detrás, estaban Barbra Streisand con un amigo.

–Dijeron que intentarían pasar –respondió Jack con aire ausente.

Se dirigió a saludar a sus invitados. Al cabo de media hora el lugar estaba repleto. La música añadía un aire festivo al acontecimiento. Los famosos entraban y salían, mientras los fotógrafos, a quienes Jack no dejaba entrar, aguardaban fuera para poder hacer fotos. Quería que los invitados estuvieran tranquilos y disfrutaran de la fiesta sin miedo a las cámaras ni a las revistas del corazón.

Eran casi las siete cuando Jan y Amanda se detuvieron ante la puerta. Jan le dejó el vehículo al aparcacoches y entró en Julie's delante de su madre. Durante todo el camino había estado preocupada de que Amanda tuviera un súbito ataque de pánico y cambiara de idea, o de que los fotógrafos, tal como sucedió, se abalanzaran sobre ella en cuanto la vieran. Pero Jan la hizo entrar en la tienda lo más rápido que pudo. Amanda parecía un poco agitada y perpleja. Todo era tan deslumbrante, tan festivo, tan animado. Veía caras conocidas por todas partes. Dos actrices con las que había trabajado se acercaron a ella y la abrazaron. Era evidente que estaban emocionadas de verla y querían que les contara de su vida. Amanda consiguió hablarles de Matt y les explicó que era la primera vez que salía desde su muerte. Jan la miró de lejos con orgullo y se dirigió a saludar a Julie, su cuñada.

Jack, que hablaba con un amigo en la otra punta del local, de pronto las miró asombrado.

—No me lo puedo creer… —murmuró mientras se disculpaba para ir a saludar a Jan—. ¿Sería de mala educación decirte que estoy sorprendido? —le comentó en voz baja mientras echaba una mirada a Amanda.

—No tanto como yo —sonrió Jan—. Hace un año que intento sacarla de su casa. Es la primera vez que sale desde la muerte de papá, y probablemente la primera vez que asiste a una fiesta de este tipo desde que se retiró del cine.

–Me siento muy honrado –dijo, al parecer con sinceridad. Esperó pacientemente a que acabara de hablar y se acercó para agradecerle su presencia–. Esta tienda no volverá a ser la misma a partir de ahora –comentó con una sonrisa–. Al fin nos has hecho el honor. Siempre he pensado que nos merecíamos ser distinguidos, pero sin ti no lográbamos conseguirlo –bromeó.

–Lo dudo, Jack. Me alegro de verte. Es una fiesta muy bonita. Ya me he encontrado con un montón de amigos.

–Estoy seguro de que estarán encantados de verte. Tienes que venir más a menudo. Cada vez que vengas a comprar te organizaré una fiesta.

Jack parecía de buen humor y Amanda aceptó una copa de champán de un camarero que pasaba. Jack notó que le temblaba un poco la mano, pero era el único indicio de que estuviera nerviosa. Amanda era purasangre hasta la médula y, a diferencia de algunas estrellas de su generación, seguía bella y distinguida.

–Estás guapísima, Amanda –le dijo tratando de no parecer muy avasallador. Pero era difícil no ver su belleza incluso en medio de una multitud como aquélla. En medio de todas aquellas lentejuelas y satén, el elegante vestido azul marino y los pendientes de zafiro la hacían más espectacular aún–. ¿Cómo estás?

Amanda titubeó.

–Más o menos –dijo con una sonrisa triste–. Ha

sido un año bastante duro. Al mirar atrás, creo que me ha costado sobrevivir, pero estoy mejor.

–Yo también he pasado por lo mismo –respondió Jack. De pronto había recordado a Dori. Era la segunda vez que Amanda le hacía pensar en ella, más por las circunstancias que por el parecido físico.

–Pensé que estabas divorciado –dijo Amanda.

La gente la reconocía y la señalaba discretamente. «Mira allí… es Amanda Robins… ¿Estará haciendo alguna película? Hace años que no se la ve… Está estupenda… ¿Se habrá hecho algún *lifting*? Sigue guapísima…» El local estaba repleto, pero Amanda no parecía notarlo. Tenía una enorme presencia y aplomo.

–Estoy divorciado –respondió Jack en voz baja. Con el traje oscuro, de pie a su lado, parecía su acompañante–. Pero hace trece años murió una íntima amiga mía. No es lo mismo que te ha pasado a ti, pero también fue muy duro. Era una persona muy especial.

–Lo siento –le dijo Amanda.

Su mirada lo hizo estremecer hasta tal punto que casi tuvo miedo de lo que sentía. Debajo de esa fachada fría era una mujer muy poderosa y magnética. Y, curiosamente, después de ese año terrible, le parecía mucho más viva que con Matthew. Antes de que pudiera continuar, lo llamaron para resolver un pequeño problema con la lista de invitados. En la puerta había dos grandes estrellas que no habían sido invitadas. Jack le dijo a los guardias que las dejaran pasar. Después, Gladdie lo llamó para consultarle otra cosa. En aquel momento, Jan se acercó a su madre.

—¿Qué tal estás? ¿Te lo pasas bien?

Jan esperaba que su madre no quisiera irse. Creía que era bueno para ella estar allí, y además era una fiesta fantástica.

—Muy bien, querida. Gracias por traerme. Me he encontrado con gente que hacía años que no veía. Y Jack ha estado muy amable —añadió casi con tono de disculpa por las cosas que había dicho de él durante los últimos tres años. Pero ahora le parecía más respetable, y mucho más agradable en su propio territorio. Le costaba reconocerlo, pero hasta le caía casi bien—. ¿Cuándo viene Paul?

—Supongo que de un momento a otro. Tenía una reunión.

Al cabo de un rato Gladdie avisó a Jan que la llamaban por teléfono. Era Paul, que le dijo que la reunión se prolongaba pero prometió ir en cuanto pudiera.

—¿A que no adivinas quién está aquí? —le preguntó con tono pícaro y feliz.

Estaba de mejor humor que durante las últimas semanas, y Paul se alegró porque la tensión entre ellos parecía cada vez peor.

—Conociendo a mi padre puede ser cualquiera. Tom Cruise... Madonna...

—Mejor aún —sonrió—. Amanda Robins.

—¿Así que la has convencido? ¡Buen trabajo! Estoy orgulloso de ti. ¿Y qué tal está?

—Conoce prácticamente a todo el mundo y está guapísima. Se peinó un poco, se maquilló y, ¡abracadabra!, reapareció la estrella de cine. Ojalá yo fuera tan guapa.

—Le ganarías sin mover un dedo, cariño. No lo olvides.

—Te quiero. —Estaba emocionada por el cumplido de su marido y le daba igual si lo decía en serio o no.

—Pero si está tan guapa, mantén a mi padre lejos de ella. No nos hace falta esa complicación. Tu madre no volvería a hablarme, y tú tampoco.

—Creo que no hay ningún peligro en ese frente —dijo Jan entre risas—, pero ha sido muy amable con ella. La tienda está repleta y tu padre muy ocupado, no para de saludar a gente famosa.

—Sobre todo mujeres, supongo. Pobrecito, se lo comerán vivo y le dejarán el traje hecho jirones... La vida, para algunos de nosotros, es muy difícil. En fin, mi padre es así. Bueno, querida, iré en cuanto pueda. Espérame. Te llamo cuando salga de la oficina.

—Hasta luego.

Fue la conversación más bonita que habían tenido durante las últimas semanas. Cuando Jan volvió a buscar a su madre, la vio hablando otra vez con Jack y decidió dejarlos. No estaba tan mal que al fin se hicieran amigos y dejaran de quejarse el uno del otro. Y, de lejos, Jan vio que Amanda sonreía y Jack estaba muy serio.

Jack le hablaba de sus viajes de negocios a Europa, que prefería París y le desagradaba Milán. También hablaron del Claridge de Londres. Parecían viejos amigos y Jan se fue a conversar con un conocido. Al cabo de una hora, Paul volvió a llamar, pero esta vez absolutamente crispado. La reunión no había salido bien, y al bajar se encontró con que la grúa se había llevado su coche. La única forma de llegar a la fiesta era llamar a un taxi, pero prefería que Jan lo pasase a recoger; a cambio, le prometió llevarla a cenar. Por otra parte, ya era muy tarde para que fuera a la fiesta.

–¿Y mi madre qué? No puedo dejarla aquí –le dijo preocupada.

–¿Por qué no le dices a mi padre que le llame un taxi? Seguro que hasta tiene una o dos limusinas en la puerta. Suele tenerlas para llevar a las grandes estrellas. Pídeselo.

–De acuerdo, lo intentaré. Pero si le da un ataque te vuelvo a llamar. A lo mejor tengo que acompañarla a su casa, pero si no es así, estaré allí dentro de diez minutos.

–Haz lo posible, he tenido una tarde espantosa y quiero verte.

A ella también le apetecía ir a cenar a un lugar tranquilo y esperaba que su madre no tuviera problemas de que Jack la pusiera en un taxi o en una limusina.

Cuando los encontró, todavía juntos conversando en un rincón del local, les explicó la situación y por un instante su madre pareció asustada. Pero Jack intervino antes de que Amanda tuviera ocasión de responder a su hija.

–Paul tiene razón. Tengo dos coches aquí fuera. En cuanto tu madre quiera irse, ordenaré que la lleven. ¿Qué te parece? –preguntó volviéndose hacia Amanda, que aún parecía sobresaltada de que Jan la dejara, pero que tampoco quería ser una carga para ella.

–Yo… me parece bien. Pero no hace falta que

te molestes, Jack, puedo tomar un taxi. Estoy a un paso de Bel Air, llamaré un taxi.

–Ni hablar –replicó Jack con amabilidad pero con firmeza–. Te acompañará una limusina. No son horas para dar vueltas en taxi.

Amanda se rió y por fin accedió a irse en limusina. Iba a decir que quería marcharse ya, pero Jack pareció tan desilusionado que decidió quedarse un rato más. En realidad se lo estaba pasando muy bien. Matthew odiaba las fiestas y casi nunca iban a ninguna.

Jan se despidió con un beso y se marchó a recoger a Paul, mientras Jack cuidaba paternalmente de que a Amanda no le faltara nada. Le presentó a sus amigos e hizo lo posible para que se sintiera cómoda en la fiesta. Hasta ella misma se sorprendió al ver que era una de las últimas en marcharse.

–Qué vergüenza… al fin tendrás que echarme para deshacerte de mí –dijo mientras le tendía la mano, pero Jack insistió en acompañarla él mismo en la limusina.

–No seas tonta, Amanda. Para mí no es ninguna molestia. Somos de la familia, y además me alegra poder charlar contigo después de todos estos años.

Jack dio instrucciones a Gladdie antes de marcharse. La fiesta había terminado y los amigos con que tenía pensado salir a cenar ya se habían ido. Les había dicho que a lo mejor aparecía más tarde, pero que no era seguro. No tenía otros compromisos, por lo tanto, cuando el coche avanzó por Rodeo Drive, le preguntó a Amanda si le apetecía parar en alguna parte a comer algo, una hamburguesa o una ensalada, que era una buena ocasión para que hablaran de sus respectivos hijos. Ella dudó, pues pensaba que debía irse a casa, pero no tenía que rendir cuentas a nadie y, sí, tenía un poco de hambre. Jack tenía razón. Últimamente estaba un poco preocupada por Jan y Paul, y se preguntaba si él también había notado cierta tensión entre ellos. Supuso que quizá por eso quería cenar con ella, le pareció buena idea y aceptó.

Jack ordenó al chófer que los llevara a Ivy, en North Robertson. Como lo conocían muy bien, les dieron una mesa tranquila en un rincón. George Christy también estaba allí con un grupo de amigos, lo saludó con la mano y abrió los ojos de par en par cuando vio que iba acompañado de Amanda Robins.

Pidieron pasta y ensaladas mientras charlaban distendidamente sobre diferentes temas: pintura, arte, viajes, literatura, teatro. Era un hombre increíblemente bien informado y de agradable conversación, y ella se dio cuenta de que no era el galán superficial que siempre había pensado. Por fin, cuando trajeron la comida, sacó el tema de los hijos.

—¿Crees que están bien? —Parecía perfectamente a gusto con ella. Podían hablar de cualquier cosa.

—No lo sé —respondió Amanda con franqueza—. Hace tiempo que estoy preocupada por ellos, pero creo que últimamente no he sido una gran ayuda para Jan. Todo este año he estado encerrada en mí misma, me siento como si le hubiera fallado como madre.

—Eso es absurdo —replicó Jack amablemente—, necesitabas ese tiempo para ti. Puedes estar a su lado en cualquier otro momento y seguro que ella lo comprende. Es una chica magnífica… Espero que Paul la trate bien. No parece muy contenta.

Amanda suspiró. No quería romper una confidencia, pero era una oportunidad perfecta para ayudar a sus hijos.

–No quiero decir algo que no debo, Jack, pero creo que está muy alterada porque no se queda embarazada.

–Sí, pensaba que ése podía ser el motivo –respondió mirándola pensativo–. ¿Lo han intentado en serio? Paul no me ha hablado de ello.

–Por lo que sé, lo intentan desde hace dos años. Es algo que puede ser muy deprimente.

–O muy divertido, depende de cómo se mire –replicó irreverente.

Ella rió a su pesar, pero volvieron a ponerse serios.

–No parece que se diviertan mucho, aunque esta noche la vi mucho mejor. Cuando se fue a recoger a Paul parecía una niña pequeña.

–A lo mejor estaba aliviada de verte mejor.

Amanda asintió.

–Quizá. Lo último que he sabido es que Jan quería que Paul fuese a ver a un especialista a principios de este año, pero él se negó.

–Entonces es algo serio. ¿Crees que ya ha ido?

–No creo, pero Jan sí.

–¿Y?

–Ignoro los detalles –admitió Amanda–, pero sé que no está embarazada.

–Si hubiera funcionado nos lo habrían dicho. Es un problema preocupante. De vez en cuando yo bromeaba con el tema… ¡Qué imbécil e insensible he sido! Me pregunto si podré hablar de la cuestión con Paul…

–Creo que se preocupa mucho por su trabajo –dijo Amanda haciéndole justicia.

Se había encariñado mucho con Paul, igual que Jack con su hija. Los dos eran buenas personas.

–Paul se preocupa por todo –comentó Jack con ceño–. Es de ese tipo de personas, por eso es tan competente en su trabajo. Algún día llegará a ser un productor importante en la industria cinematográfica. Al contrario que su padre, que produjo algunas de las peores películas que se han visto, superadas sólo por aquellas en las que intervine como actor. Soy mucho más eficiente en el terreno de la moda femenina.

–Estoy segura de que eres muy modesto con tus películas –sonrió Amanda y empezó a hablarle de lo mucho que le había gustado la tienda–. Es muy bonita, Jack. Una de estas tardes voy a pasar a comprar algo de ropa.

Le gustaba lo que había visto y, para su sorpresa, él también le gustaba. Era inteligente, interesante y buena compañía. La cena pasó deprisa y, al salir del restaurante, Jack le prometió que hablaría con Paul para que fuera a ver a un especialista con Jan.

–A lo mejor no le gusta que le hable del tema, pero lo intentaré.

–Te lo agradezco –respondió Amanda mientras volvían a subir a la limusina.

–Y te contaré qué ha pasado –le prometió–. Si jugamos bien nuestras cartas, es posible que seamos abuelos dentro de un año. Pero hay un problema.

Cumpliré sesenta años después de Navidad, y eso ya es bastante malo sin necesidad de añadir nietos... Eso podría destruir completamente la reputación de un hombre como yo.

Amanda no pudo evitar reírse. Le gustaba la forma en que le quitaba importancia a la cuestión. Jack volvió a ponerse serio y le habló otra vez de Dori, de lo que había significado para él y le explicó que desde su muerte no había querido comprometerse seriamente con ninguna mujer.

–Es demasiado doloroso –le dijo con franqueza–, no quiero volver a estar tan pendiente de nadie más que de mis hijos. Cuando desaparecen las mujeres de mi vida, quiero saludarlas con la mano y olvidarme de ellas, no llorarlas durante dos años y después recordarlas con pena el resto de mi vida. No puedo permitírmelo.

–A lo mejor aún no ha vuelto a aparecer la persona apropiada, Jack –dijo ella en voz baja mientras pensaba en Matthew.

Ella tampoco se imaginaba amando a otro hombre, y se lo dijo.

–Para ti es diferente –replicó Jack con seriedad–. Has estado veintiséis años casada. No has quemado todos los cartuchos como yo. Lo único que quiero es divertirme. Tú deberías rehacer tu vida con alguien, si eso es lo que quieres, después de echar un vistazo por ahí. Hace tiempo que no sales, a lo mejor hasta te gusta.

–Lo dudo –dijo con franqueza–. Después de todos estos años, no me imagino saliendo con alguien otra vez, Jack. Creo que eso ya ha acabado para mí.

—Nunca se sabe lo que sucederá ni quién aparecerá. A veces la vida da sorpresas cuando uno menos se lo espera… o una buena patada en el trasero. Una de dos. Pero nunca pasa lo que uno espera.

Amanda sonrió; había mucho de verdad en lo que acababa de decir. Después le preguntó cómo era la madre de Paul. Aunque la había visto en la boda, estaba tan ocupada con todos sus invitados que no lo sabía.

—¿Bárbara? —pareció sorprenderse de la pregunta—. Era un monstruo. En realidad fue ella quien me quitó las ganas de volver a casarme. Estoy seguro de que ella te diría lo mismo de mí, con la diferencia de que ella sí ha sido lo bastante necia como para volver a casarse. Por suerte, casi ni me acuerdo de nuestro matrimonio. Me dejó hace diecinueve años. El año que viene pienso celebrar el vigésimo aniversario de mi independencia. —Los dos se echaron a reír.

—Jack Watson, eres un irreverente espantoso. Apuesto a que si te toparas con la mujer apropiada te casarías enseguida. Pero estás demasiado ocupado persiguiendo modelos y actrices para encontrarla.

—¿Y cómo lo sabes? —repuso con una cara de ingenuo que no convencía a nadie, mucho menos a Amanda.

—Porque leo los periódicos —replicó con petulancia, y Jack por un instante pareció ruborizarse.

—Pues te aseguro que si conozco a doña Apropiada, subiré al edificio más alto de la ciudad y me arrojaré por la cornisa. He aprendido la lección.

Soy sincero, Amanda, no podría hacer algo así.

–Ahora yo también siento lo mismo, aunque por razones diferentes. En fin, no es un problema al que por el momento deba enfrentarme –dijo ella con un pequeño suspiro mientras Jack la acompañaba hasta la puerta de su casa–. Me lo he pasado muy bien, gracias por haberme cuidado tanto y llevarme a cenar para hablar de nuestros hijos.

Jack pareció sorprendido de lo que le decía, pero enseguida sonrió y asintió.

–Te llamaré para contarte lo que me diga Paul –reiteró.

Ella volvió a darle las gracias, abrió la puerta, entró y la cerró a sus espaldas. Oyó cómo la limusina se alejaba mientras encendía la luz. Se sorprendió de lo equivocada que estaba con respecto a Jack. Era un galán, de eso no había dudas, y no lo ocultaba. Sin embargo, era más que eso. Tenía una extraña simpatía, como de niño travieso, pero con unos ojos que daban ganas de darle un abrazo.

Durante un instante sonó una alerta dentro de su cabeza. Aunque ella supiera que no tenía nada que temer, los hombres como Jack eran peligrosos hasta para las viudas de cincuenta años. Él ya tenía su corte de admiradoras; lo único que ellos tenían en común eran los hijos.

Pero mientras Jack regresaba por Rodeo Drive a la tienda para comprobar que todo estaba en orden, se apoyó contra el respaldo, cerró los ojos y sólo vio mentalmente el rostro de Amanda.

4

Amanda no supo nada de Jan durante los siguientes cuatro días. Jack la llamó una semana después de la fiesta. Le dijo que tenía algo que decirle y la invitó a la tienda a almorzar en su despacho, cosa que ella aceptó de inmediato. Sabía que el único motivo de la llamada era hablar de los hijos.

Cuando llegó, Jack la esperaba abajo y la acompañó al despacho, donde la mesa de reuniones estaba puesta con mantel y servilletas almidonados. Los dejaron solos con la ensalada de langosta, el caviar y una botella de champán. Un pequeño almuerzo de lo más elegante.

–¿Haces esto todos los días? –bromeó Amanda.

Jack respondió que sólo cuando quería impresionar a alguien.

–Entonces considérame impresionada, porque yo como yogur todos los días directamente del bote de plástico.

–Bueno, parece que funciona, porque tienes una figura increíble.

Amanda se ruborizó y pasaron a hablar de los hijos. Le contó que había ido a almorzar con Paul y había sacado el tema como al pasar. Le preguntó por qué aún no tenían hijos, a lo que Paul respondió con franqueza. Le dijo más o menos lo mismo que Amanda. También admitió que no quería ir al médico porque le resultaba de lo más incómodo, como si se pusiera en tela de juicio su hombría y virilidad. Pero tras una larga conversación con su padre, al fin, aunque no quería, accedió a hacer algo al respecto. Prometió ir al médico con Jan después de Navidad. Aparentemente el doctor estaba de vacaciones hasta entonces.

–Diría que hemos cumplido con nuestra misión. O al menos con la primera etapa. Son los comienzos de la «operación nieto».

Amanda estaba impresionada por lo bien que había ido todo y por el hecho de que Jack se hubiera ocupado del asunto. Se reclinó en la silla y le sonrió.

–Jack Watson, eres fantástico, no puedo creerlo. La pobre Jan hace un año que le suplica infructuosamente que vaya al médico.

–Seguramente Paul tuvo miedo porque le dije que lo desheredaría –repuso entre risas, complacido por la reacción de Amanda, que sin duda le estaba agradecida.

–En serio, Jack, gracias. La pobre Jan está loca por tener un hijo.

–¿Y qué crees que pasará si no pueden? –Se le notaba la preocupación en los ojos.

Amanda también estaba preocupada porque Jan le había dicho que Paul estaba en contra de la adopción.

–Supongo que tendrán que enfrentarse al hecho

poco a poco. Siempre les queda la opción de adoptar, pero hoy en día, con los métodos que hay para resolver los problemas de esterilidad, sin duda se puede hacer algo. Estoy segura de que con un poco de paciencia habrá una solución.

–Hoy por hoy todo es más complicado, ¿no crees? En mis tiempos, si uno tenía suerte, tardaba unos seis meses en llevar a una chica al autocine en el coche del padre, y se quedaba embarazada casi con tocarle la mano. Ahora todo el mundo se trata por cuestiones de esterilidad y tener hijos se ha convertido en un problema serio.

Era verdad; a ella incluso estando casada con Matthew a menudo le preocupaba quedarse embarazada. Esperaba que Jan y Paul tuvieran suerte y consiguieran tener un hijo.

–Te mantendré informada si me entero de algo más –le prometió Jack.

–Yo también.

Después se ofreció a enseñarle la tienda. Amanda no pudo resistir probarse algunas cosas, de modo que la dejó con el encargado y sus mejores vendedoras. Al cabo de dos horas, reapareció en su despacho para darle de nuevo las gracias.

–¿Te lo has pasado bien? –le preguntó mientras se ponía de pie para recibirla.

Parecía feliz y tranquila.

–Me he divertido como una chiquilla y he comprado todo lo que tenía delante, incluyendo un par de trajes de baño de tu colección de viaje. –También había comprado varios camisones muy bonitos, un vestido nuevo y un bolso negro de piel de cocodrilo–. Me he llevado de todo –comentó con cierto pudor–. Nunca en mi vida he derrochado tanto, pero debo reconocer que he disfrutado –sonrió.

Jack se sorprendió pensando en lo guapa que era y preguntándose cómo podía invitarla a cenar.

–¿Te gusta la comida tailandesa? –le dijo de pronto.

–¿Por qué? ¿También la vendes? ¿Me he saltado la sección de exquisiteces? –bromeó con aire sensual, joven y feliz.

–Sí, te la enseñaré –respondió persuasivo–. Pero no está en la tienda y tendré que llevarte en coche.

–Ay, eres un mentiroso terrible, Jack Watson. Seguro que quieres secuestrarme y pedir rescate.

–¡Buena idea! –rió–. ¿Tengo posibilidades?

–¿Ahora? ¿Esta noche? –Eran las cinco y media, pero la tienda estaba abierta hasta las nueve para que la gente pudiera hacer sus compras de Navidad–. Ya me has dado de comer, no hace falta que me sigas alimentando. Se me ocurre otra idea. ¿Por qué no pasas por casa más tarde y preparo algo de cenar? Nada especial, lo que encuentre en la nevera. Estoy en deuda contigo por haber convencido a Paul de que vaya al médico.

–Me encantaría –aceptó la invitación y prometió estar allí a las siete en punto para ayudarla.

En cuanto ella salió del despacho, Jack cogió el teléfono y canceló la cita que tenía concertada desde hacía semanas. Dijo que tenía gripe y la chica a la que llamaba se rió de él. No le importaba mucho, pero lo conocía mejor de lo que él sospechaba.

–¿Cómo se llama? –le preguntó en broma.

–¿Qué te hace pensar que se trata de otra mujer?

–Porque no eres gay y seguramente no tienes gripe desde los dos años. Además, no tienes voz de resfriado. Buena suerte con quien sea.

De todas formas ella también salía con otro y él le agradeció que fuera tan comprensiva.

Llegó a casa de Amanda a las siete en punto. Salió a recibirlo con unos pantalones grises, un jersey azul claro y un collar de perlas. Parecía una joven heredera, aunque con delantal.

–Una imagen muy doméstica –comentó Jack mientras entraba con una botella de vino que había llevado.

Ella rió.

–Eso espero, es lo mínimo después de veintiséis años casada.

–¿Sabes una cosa? Nunca te había imaginado así, como ama de casa –confesó Jack mientras la seguía a la cocina. Ella le agradeció el excelente vino–. Siempre te vi como estrella de cine. No es fácil olvidar quién has sido, y además sigues igual. De hecho me cuesta llamarte Amanda Kingston en lugar de Robins.

–A Matt le molestaba mucho. Mucha gente me llamaba así.

–¿Por eso nunca volviste al cine? –Sentía curiosidad por ella.

–Probablemente. De todas formas Matt no habría querido. Hablamos mucho sobre el tema antes de casarnos. No había trabajado mucho tiempo, pero estaba preparada para dejarlo por algo mejor... un hombre a quien quería y una familia.

–¿Y valió la pena? ¿Has sido feliz?

–Me encantaba estar con mis hijas y con Matt,

fue una vida muy bonita. –Se quedó pensativa por un momento y añadió–: Me cuesta creer que se haya acabado. Todo se desmoronó tan deprisa. Se fue de casa con la raqueta de tenis, y al cabo de dos horas estaba muerto. Es muy difícil asumirlo.

Jack asintió.

–Sé que parece una tontería decirlo, pero al menos no sufrió.

–Sí, es verdad, pero nosotras sí sufrimos. Yo no estaba preparada, parecía tan joven. Nunca hablamos de lo que pasaría si alguno de los dos moría. No tuvimos tiempo de hablar del tema, de despedirnos, ni de... –Se le humedecieron los ojos y se volvió mientras Jack la cogía de los hombros por detrás.

–Lo sé... Eso fue lo que me pasó con Dori. Murió en un accidente de coche cuando iba a encontrarse conmigo, un choque frontal. Ni se enteró del golpe, pero yo sí. Sentí como si un maldito camión me hubiera atropellado. Durante mucho tiempo hasta pensé que hubiera sido mejor. No podía dejar de pensar que tenía que haberme pasado a mí en lugar de a ella... Me sentía tan culpable.

–Yo también –dijo Amanda mientras se volvía y lo miraba. Tenía unos ojos castaños bondadosos y cálidos, el pelo rubio oscuro salpicado de canas. Era increíblemente apuesto–. Durante todo este año he pensado que tenía que haber muerto yo en lugar de Matt. Pero desde hace una o dos semanas, de pronto me alegro de que no haya sido así. He vuelto a disfrutar otra vez de mis hijas, a hacer pequeñas cosas... Es curioso, cambian un poco las cosas y todo es diferente.

Jack asintió y se puso un delantal sobre los pantalones y el jersey negro de cuello vuelto que llevaba.

–Bueno, basta de dramas, señora. ¿Qué hay para cenar? ¿Qué prefieres? ¿Que ralle, pique y corte o que me emborrache en silencio en la cocina? Puedo hacer cualquiera de las dos cosas.

Amanda se rió y lo miró divertida. Era tan agradable estar con él.

–¿Por qué no te sientas y te relajas? Está casi todo listo.

Le sirvió una copa de vino, hizo algunas cosas en la cocina y al cabo de media hora estaban sentados comiendo un filete, patatas al horno y ensalada. Era una buena cocinera y charlaron durante horas sentados a la mesa de la cocina. Después pasaron al salón y Jack echó un vistazo a algunas fotos. Eran una familia guapa; aunque a él Matt siempre le había parecido un tipo acartonado, ella estaba muy bella en todas.

–Es una pena que tú y tus hijas seáis tan feas.

–Tus hijos son tan guapos como las mías –le devolvió el cumplido y se echaron a reír.

–Da la casualidad de que somos personas increíblemente guapas, como todo el mundo en Los Ángeles. Obligan a los feos a mudarse a otro estado, o los ponen en la frontera a medianoche. Hacen una redada, los despachan y nadie vuelve a verlos... ¡Se acabaron los feos! –Le gustaba bromear con ella.

Era fácil ver por qué tenía tanto éxito con las mujeres.

–¿No te cansas de salir con tantas mujeres? –le

preguntó con franqueza mientras se sentaban. Sentía que podía preguntarle cualquier cosa. Ya eran amigos–. Cualquiera pensaría que es agotador estar todo el tiempo con personas desconocidas. No me imagino tener que empezar constantemente de nuevo cada vez, todas esas preguntas...

–¡Para! –gruñó–. Estás destruyendo mi estilo de vida. Si me obligas a cuestionármelo, quizá no pueda seguir practicándolo. Es sólo una manera de no comprometerme. Eso es todo. Es lo que he necesitado desde la muerte de Dori.

–Yo preferiría ver la televisión o leer un libro –dijo Amanda con sinceridad, y él rió.

–Bueno, a lo mejor ésa es la diferencia fundamental entre hombres y mujeres. Hasta ahora, si hubiera tenido que elegir entre un libro, la televisión y las mujeres, habría elegido lo último. Pero si me lo haces pensar en serio, es posible que tenga que ir a comprarme un televisor nuevo.

–Eres incorregible.

–Lo soy. Era parte de mi encanto, pero veo que empieza a convertirse rápidamente en una debilidad. Sería mejor que no habláramos del asunto.

Entonces hablaron de otras cosas, de sus familias de origen, de los sueños, ambiciones, profesiones y, una vez más, de los hijos. Y de nuevo la velada pasó volando.

Jack se marchó después de medianoche, y antes de las nueve de la mañana la llamó para agradecerle la velada. Amanda aún dormía.

–¿Te he despertado? –preguntó sorprendido, porque le había parecido una persona madrugadora.

Y lo era, pero la noche anterior había estado despierta hasta tarde, tratando de leer y pensando en él.

–No, en absoluto. Estaba levantada –mintió mientras miraba el reloj, asombrada de la hora que era.

Tenía cita con el dentista para hacerse una limpieza e iba a llegar tarde.

–Estás mintiendo –replicó él con una sonrisa–. Estabas profundamente dormida y te he despertado. Ay, la vida de los ricos indolentes. Yo estoy en el despacho desde las ocho. –Había tenido que hacer varias llamadas a Europa, donde era nueve horas más tarde–. ¿Qué te parece si cenamos juntos esta noche? –la invitó sin preámbulos.

Amanda abrió los ojos y se preguntó si había oído bien.

–¿Esta noche? –No tenía nada planeado, aunque al día siguiente la habían invitado a una fiesta de Navidad–. ¿Y… no te vas a cansar de mí?

–No lo creo. Además, tenemos que ponernos al día en muchas cosas, ¿no?

–¿Como qué? –Se tumbó de espaldas y se estiró mientras recordaba exactamente cómo era Jack.

–De nuestras respectivas vidas. Entre los dos sumamos ciento diez años y nos llevará un tiempo. Creo que deberíamos empezar cuanto antes, aunque anoche ya hemos avanzado bastante.

–¿Es así como lo haces? –sonrió–. ¿Con todo ese encanto? Ciento diez años… vaya ocurrencia. De acuerdo, siempre y cuando se trate sólo de eso. ¿Qué tienes en mente?

–¿Qué tal L'Orangerie? ¿Te paso a buscar a las siete y media?

—Me parece bien. Estaré lista.

Pero nada más colgar, se sintió aterrorizada. Se incorporó en la cama y miró la habitación que había compartido durante veintiséis años con su marido. ¿Pero qué estaba haciendo? ¿Tontear con Jack Watson? ¿Cómo podía ser tan estúpida? Salió de la cama y decidió llamar para cancelar la cita. La atendió Gladdie y le dijo que Jack estaba en una reunión pero que podía dejarle un mensaje. A Amanda le pareció de mala educación dejar dicho que no podía ir a cenar con él, así que dijo que no era nada importante.

De todas formas, la llamó al mediodía y cuando ella atendió, le preguntó con voz preocupada si le pasaba algo o había algún problema. El tono de genuino interés era aún más preocupante.

—Estoy bien... pero pensaba... bueno, no sé, Jack, pero me siento un poco tonta. No quiero ser «la chica del mes». Soy una mujer casada, o al menos lo era... y... para mí, sigo siéndolo, y no quiero saber qué demonios estoy haciendo contigo ni a qué estoy jugando. Ni siquiera me he quitado la alianza de boda y ya voy a cenar contigo todas las noches. No sé adónde va a ir a parar todo esto.

Cuando terminó de hablar se sentía agotada. La voz de Jack, al otro lado de la línea, sonó tranquila.

—Yo tampoco lo sé. Pero si te hace sentir mejor, me compraré una alianza y al menos estaremos parejos. La gente pensará que estamos engañando a nuestros respectivos cónyuges. Sólo sé que disfruto de tu compañía como hacía años, o quizá nunca, que no disfrutaba con nadie. No puedo decirte nada más. De repente, la vida que llevo desde hace veinte años parece un chiste malo de la contraportada de *Playboy*. Estoy avergonzado de ella y quiero cambiar, y, que Dios me ayude por decir esto, me gustaría ser la clase de persona con la que te sintieras orgullosa de que te vieran, porque yo estoy tan orgulloso de estar contigo que casi no lo soporto.

–Pero no estoy preparada para una relación –respondió apenada–. No quiero empezar a salir con un hombre. Hace sólo un año que perdí a Matt, y no sé qué estoy haciendo contigo… A mí también me gusta conversar contigo y no quiero que dejemos de hacerlo, pero creo que… ¿Crees que debemos anular la cena de esta noche? ¿Te parece un error?

Parecía tan preocupada que Jack tuvo ganas de abrazarla.

–Todo saldrá bien –le dijo en voz baja–, no vamos a hacer nada que no quieras. Hablaremos de nuestros hijos y nos relajaremos. No tiene por qué ser nada más que eso, por el momento o… quizá nunca. –Le costó mucho decirlo, pero no quería asustarla, o peor aún, perderla antes de haberla conquistado. De pronto le importaba mucho. Entonces se le ocurrió otra idea–. Quizá podríamos ir a cenar a un sitio menos público. –L'Orangerie era uno de los mejores restaurantes de Los Ángeles, y seguro que ahí los verían–. ¿Qué te parece un restaurante pequeño o incluso una pizzería?

–Perfecto, Jack. Lamento ser tan lunática, pero no esperaba que nos hiciéramos amigos, o no así… en fin, no sé qué digo. –Se rió nerviosa y él trató de tranquilizarla.

—Pasaré a buscarte. Si quieres ponte unos tejanos.

—Estupendo.

Le tomó la palabra, y cuando pasó a recogerla llevaba unos tejanos desteñidos muy ceñidos que resaltaban su silueta espectacular y un jersey grande y cómodo de angora. Jack sintió el impulso de decirle que estaba fabulosa, pero no quería asustarla.

Se detuvieron en un pequeño restaurante que ella no conocía. Entraron conversando animadamente, pero de pronto ella le apretó el brazo y se volvió con cara de terror.

—¿Qué pasa? —Si hubiera sido una mujer casada, él habría adivinado que acababa de ver al marido en un rincón, pero lo único que vio fue a una pareja joven cenando. Sin embargo, Amanda ya estaba en la puerta con el corazón palpitando—. ¿Quiénes son?

—Mi hija Louise con su marido Jerry.

—Dios mío. No hay problema. ¿O no nos van a dejar cenar? Los dos estamos vestidos.

Trató de restarle importancia, pero como Amanda parecía dispuesta a huir, volvieron al coche y se quedaron hablando tranquilamente dentro.

—Ella nunca lo entendería.

—Es una mujer adulta, por el amor de Dios. ¿Qué esperan tus hijas? ¿Que te quedes en casa el resto de tu vida? Soy el suegro de Jan, un hombre inofensivo. —Trató de hacerse el inocente, pero esta vez Amanda se rió de él.

—Eres cualquier cosa menos inofensivo, y lo sabes. Y mis hijas piensan que eres un ligón.

–Qué bien. Espero que Jan no crea que... bueno, pensándolo bien, a lo mejor sí lo cree. Creo que lo he sido durante bastante tiempo. Pero siempre existe la posibilidad de que me reforme. ¿Lo tendrían en cuenta?

–No, y menos esta noche. Será mejor que me vaya a casa.

–¿Sabes qué? Vamos a Johnny Rocket.

Amanda sonrió. Era el sitio donde los adolescentes tomaban batidos y comían hamburguesas, igual que ellos en los años cincuenta.

Al llegar allí, se sentaron en la barra, tomaron *hot-dogs* con patatas fritas y batidos, y Amanda hasta logró reírse de sí misma antes de pedir el café.

–Seguro que parecía una tonta al salir corriendo del restaurante.

Parecía una niña que acababa de dar un paso en falso terrible y no podía creer lo que había hecho, pero a Jack le gustaba cada vez más.

–No, parecías una mujer con su amante que acababa de ver a su marido.

–Me sentí así –confesó con un suspiro, y levantó la mirada hacia él–. Jack, no estoy preparada para esto. De veras. Me parece que deberías volver a tus admiradoras, créeme.

–Creo que tendrías que dejarme decidirlo a mí.

A continuación, le preguntó qué pensaba hacer en Navidad. Sólo faltaba una semana.

–Las chicas pasan la Nochebuena en casa todos los años. Este año la comida de Navidad la hacemos en casa de Louise. ¿Por qué? ¿Tú qué haces?

–Por lo general dormir como un loco, es lo más exótico que me permito. Navidad, para las tiendas de ropa, es una pesadilla. En Nochebuena abrimos hasta medianoche para los clientes que no pueden hacer sus compras hasta las nueve de esa noche, generalmente los maridos. Es como si hubieran perdido el calendario y lo encontraran a las seis de esa tarde. «Dios mío, es Navidad», se dicen. Generalmente hago el último turno y después me voy a casa y duermo durante dos días. A mí me va bien, pero me preguntaba si no querrías ir a esquiar conmigo al día siguiente. Ya sabes, habitaciones separadas, como buenos amigos y todo eso.

—Creo que no debo. ¿Y si me ve alguien? Todavía no ha pasado ni un año.

—¿Y cuándo se cumplirá? —No lo recordaba.

—El cuatro de enero —respondió solemnemente—, y además no soy muy buena esquiadora.

—Era sólo una idea, pensé que te haría bien tomar un poco el aire y salir. Podríamos ir al lago Tahoe y parar en San Francisco.

—Quizá algún día —respondió ella sin comprometerse.

Jack la estaba presionando, y lo sabía. Realmente no estaba preparada.

—No te preocupes. Pásate por la tienda un día de éstos. Estaré allí toda la semana. Podemos comer caviar en mi despacho.

Amanda sonrió ante la invitación. A pesar de su reputación y de que ella no estaba preparada para algo así, le gustaba. Y Jack parecía entender todo lo que ella sentía. Tenía un lado cariñoso y amable que la había cogido por sorpresa, con la guardia baja. Y parecía tanto más joven que Matt, tan lleno de vida, tan feliz de estar en su compañía, y a ella, por su parte, aunque no quería, le encantaba estar con él.

Hablaron de eso mientras volvían a casa en coche, y Jack le confesó que, ahora que empezaba a conocerla, se daba cuenta de que no era para nada como la imaginaba. Era divertida, amable, bondadosa, compasiva y muy vulnerable. Todo lo que hacía o decía le despertaba deseos de protegerla.

—¿Puedes aceptar que seamos amigos durante un tiempo? —le preguntó con franqueza—. ¿O quizá siempre? No sé si quiero volver a estar con otra persona. Sencillamente no lo sé.

—Nadie te pide que tomes esa decisión —respondió él con sensatez.

Amanda se tranquilizó y dejó de sentirse tan culpable. Entraron un rato en la casa, tomaron una infusión de menta en la cocina, Jack encendió un fuego en la chimenea del salón y se quedaron hablando un buen rato sobre las cosas importantes para ambos.

Se marchó a las dos de la madrugada, Amanda no sabía cómo, pero la noche había pasado volando, como si las horas no existieran cuando estaban juntos.

Al día siguiente, él estuvo ocupado en la tienda arreglando los últimos detalles para Navidad. Por la noche, mientras Amanda decoraba el árbol, la llamó.

—¿Qué haces? —preguntó. Había pasado doce horas en la tienda y estaba agotado.

—Decoro el árbol —respondió ella con voz triste.

Había puesto villancicos en el equipo de música que la habían llenado de tristeza. Eran sus primeras Navidades sin Matt, las primeras como viuda.

—¿Quieres que pase a verte? Me voy de la tienda dentro de media hora y tu casa me queda de camino. Me encantaría verte.

—Creo que es mejor que no.

Aún necesitaba tiempo para su duelo y éste era uno de esos momentos privados. Pero charlaron un rato por teléfono. Cuando colgaron, ella se sentía un poco mejor, y él mucho peor, repentina y desesperadamente solo. Se preguntó si alguna vez se libraría del recuerdo de Matt y dejaría que otro hombre franqueara las murallas. Jack apenas había vislumbrado su corazón, pero Amanda tenía miedo de dejar que se acercara, y cabía la posibilidad de que siempre lo tuviera.

Jack, camino de su casa, pasó despacio por delante de la de ella. Vio el parpadeo de las luces del árbol de Navidad pero a ella no la vio. Amanda estaba en su cuarto llorando. Tenía un miedo espantoso de enamorarse de Jack, no quería que le sucediera algo así. No era justo con Matt, no quería traicionarlo. Tras veintiséis años le debía más que eso, más que caer rendida a los pies del primero que pasara, por muy atractivo que fuese. ¿Y qué pasaría si resultaba ser una más de su séquito de admiradoras? Se habría entregado por nada. Y estaba absolutamente segura de que, por Matt y por ella misma, no debía permitir que eso ocurriera.

Jack la llamó al llegar a casa, pero ella no atendió. Intuía que era él y no quería hablar, deseaba acabar con todo aquello incluso antes de que comenzara.

Apagó las luces, se metió en la cama y dejó que los compases de *Noche de paz* flotaran por la casa mientras lloraba por dos hombres, por el que había amado hasta entonces y por otro al que nunca llegaría a conocer. Era difícil saber cuál de las dos penas era mayor, y a cuál de los dos anhelaba más.

5

Jack sólo la llamó un par de veces durante los siguientes días. Se daba cuenta de lo que le pasaba y de lo duro que era para ella la Navidad. Dori había muerto en noviembre y él se había pasado la semana entre Navidad y Año Nuevo completamente borracho.

Con gran sensatez la dejó afrontar sus sentimientos en privado, pero la mañana del día de Nochebuena le mandó un regalo que le había comprado. Era un pequeño boceto de un bonito ángel del siglo XVIII que tenía en la boutique y que ella había alabado. Lo acompañó de una nota breve en la que decía que esperaba que un ángel la cuidara esas Navidades y siempre. Firmó con un sencillo «Jack» que la conmovió profundamente. Al cabo de un rato lo llamó para darle las gracias. Parecía más distante que antes, pero más tranquila. Era evidente que empezaba a aceptar sus sentimientos, fueran cuales fuesen. Aunque a Jack le alegró tener noticias suyas, tuvo cuidado de no asustarla con una excesiva intimidad. De todas formas, el trabajo en la tienda lo tenía completamente absorbido.

Habían tenido algunas dificultades, un pequeño robo, un ataque cardíaco de un cliente el día anterior y un pequeño ejército de niños perdidos. Las crisis habituales de Navidad. También habían perdido el vestido de lentejuelas doradas de una célebre estrella, que después apareció milagrosamente, y dos famosas se habían enzarzado por un hombre. A las fiestas navideñas no les había faltado animación.

–Espero que tengas una buena cena esta noche con tus hijas, aunque sé que te resultará duro sin Matt.

–Él siempre trinchaba el pavo –dijo Amanda con tristeza.

De pronto pareció tan pequeña que Jack sintió deseos de cogerla entre sus brazos.

–Pídele a Paul que lo haga –le aconsejó–. Yo le he enseñado todo lo que sé. Sobre pavos, digo, no sobre mujeres.

Amanda rió del comentario y le preguntó si tenía alguna novedad de Paul. Jack le explicó que tenía hora con el especialista entre Navidad y Año Nuevo.

–Espero que los análisis salgan bien –añadió esperanzado.

–Yo también.

De pronto tuvo ganas de haberlo invitado a la cena, pero la familia se preguntaría el motivo de su presencia. Además, tampoco habría podido dejar la tienda. ¿Y para qué lo iba a invitar? No pensaba iniciar una relación con él. Amanda ya había tomado la decisión, y Jack, mientras la escuchaba por teléfono, se dio cuenta de cuál era por el tono. Ya había tomado una distancia clara. Jack pensó en llamar a alguien para salir en Nochevieja, pero, por una vez en su vida, no tenía ganas. Ya había hecho reservas para ir al lago Tahoe al día siguiente de Navidad, e iría solo.

–Feliz Navidad, Amanda –dijo con amabilidad y colgó.

Se quedó un buen rato sentado en su despacho pensando en ella. Nunca había conocido alguien así.

Y esa noche, mientras daba vueltas por la tienda echando una mano cada vez que era necesario, pensó en ellos comiendo pavo en la casa, Amanda, las dos hijas y su propio hijo, y de pronto se dio cuenta de lo vacía que era su vida. Se había pasado los últimos diez años persiguiendo tetas y culitos bonitos enfundados en tejanos ceñidos… ¿Y qué tenía? Absolutamente nada.

–No parece usted muy contento esta Navidad –le dijo Gladdie antes de marcharse. Jack le había regalado un abrigo de cachemir y una buena bonificación–. ¿Pasa algo? ¿Todo bien con los hijos? –Se preocupaba por él y sabía que no tenía ningún ligue nuevo. También sabía que había llamado a la suegra de Paul varias veces. Temía que estuviera enfermo o que algo no anduviera bien en el matrimonio de los hijos, pero Jack no había comentado nada del asunto.

–No; estoy bien –mintió. Salvo que he desperdiciado mi vida, que la única mujer que amé murió hace trece años y que la mujer más maravillosa que he conocido quiere enterrarse con su difunto marido. Nada importante, Gladdie. Feliz Navidad–.

Un poco cansado, supongo. Este trabajo es matador en Navidad.

–Cada año, en esta época, pienso que no sobreviviremos, pero al fin lo hacemos –sonrió. Económicamente había sido el mejor año.

–¿Y qué va a hacer esta noche? –le sonrió mientras ella se ponía el abrigo nuevo. Era de un azul claro y a ella le encantaba.

–Dormir con mi marido. Literalmente. Hace semanas que el pobre no me ve despierta, y probablemente no me verá durante otra más.

–Debería tomarse unos días de vacaciones, se los merece.

–Quizá, cuando usted se vaya al lago Tahoe.

Pero Jack sabía que no lo haría. Gladdie era el único ser humano que conocía que trabajaba más que él.

Como todos los años, se quedó trabajando hasta después de medianoche, y a la una cerró la tienda con el guardia nocturno.

–Feliz Navidad, señor Watson.

–Gracias, Harry, lo mismo digo. –Lo saludó con la mano y se alejó lentamente en su Ferrari rojo.

Pero cuando llegó a la casa, estaba demasiado cansado para dormir. Miró un rato la televisión y pensó en llamar a alguien, pero eran las tres de la mañana. Por alguna extraña razón, sintió que esa época ya había pasado, sencillamente ya no tenía interés. No había piernas lo bastante largas, ni pechos lo bastante grandes, ni piel lo bastante suave para atraerlo.

–Dios mío, a lo mejor me estoy muriendo –se dijo en voz alta y rió de sí mismo mientras se iba a la cama.

A lo mejor eran los sesenta años que iba a cumplir, y no sólo Amanda. No había tonto como un tonto viejo.

Durmió hasta mediodía y luego pensó en llamarla, pero ya había salido. Estaba en casa de Louise con la familia comiendo otro pavo. Jack, en cambio, fue al norte de Los Ángeles, compró comida china y volvió para comérsela en la cama mientras miraba fútbol americano por televisión. Después llamó a un par de chicas para invitarlas esa noche a cenar, pero todas habían salido. En realidad se sintió aliviado de no encontrarlas.

Sabía que Amanda estaría esa noche en casa, pero no la llamó. ¿Qué iba a decirle? ¿Todavía lloras a tu marido? De pronto se sintió tonto por fastidiarla y se pasó la noche dando vueltas y pensando en ella. Al fin, a la mañana siguiente, no aguantó más. Esa tarde se iba al lago Tahoe, así que cuando ella atendió el teléfono le preguntó si podía pasar a tomar un café.

Amanda pareció sorprendida y un poco preocupada, pero de todas formas lo invitó. Siempre cabía la posibilidad de que quisiera hablarle de Paul o Jan, aunque no le parecía. Pero cuando le abrió la puerta a la una y le vio la cara, supo que no tenía nada que ver con los hijos.

–Pareces cansado –le dijo preocupada por él.

–Lo estoy. No puedo dormir. A los sesenta cuesta más de lo que creía –dijo con una sonrisa irónica–. Creo que estoy perdiendo la chaveta.

–¿Y cómo es eso?

Jack entró y la siguió a la cocina, donde había

una cafetera preparada. Le sirvió una taza y se sentaron a la mesa.

La miró por encima de la taza y le preguntó sin rodeos:

—Me he convertido en una auténtica molestia, ¿no es cierto? Supongo que los ligones no cambian tan repentinamente. Estaba un poco sobreexcitado. Lamento si te he hecho sentir incómoda, no era mi intención. —Parecía realmente compungido y mucho más joven de sesenta años. Otra vez daba esa impresión de niño que iba a visitar a una compañera de clase que no quería ser su novia—. Sé que estás pasando por un momento muy difícil. Y si lo he hecho más difícil aún, lo siento.

—No, Jack, no lo has hecho más difícil —respondió ella en voz baja mirándolo fijamente. Parecía tan triste como él y tan terriblemente destrozada que no podía salir de ese estado—. Sé que no debería decírtelo, pero te he echado de menos.

Aunque intentaba parecer tranquilo, el corazón le dio un brinco.

—¿Ah sí? ¿Cuándo?

—Durante los últimos días. Tenía ganas de hablar contigo, de verte. Con toda franqueza, no sé qué estoy haciendo.

—Yo tampoco. Me he sentido como un tonto y la persona más molesta del mundo. He intentado dejarte tranquila porque imaginaba que era lo que querías.

—Y así era. —Pero se le hizo un nudo en la garganta al decirlo.

—¿Y ahora? —Contuvo la respiración mientras esperaba.

–No lo sé.

Levantó la mirada con sus ojos color miel y Jack sintió deseos de besarla, pero sabía que no podía.

–Tómate tu tiempo. No tienes por qué tomar ninguna decisión. Ve poco a poco. Estoy aquí y no me voy a ninguna parte... Bueno, salvo al lago Tahoe –añadió con una sonrisa.

–¿Ahora? –le sonrió. De verdad le gustaba estar con él.

–Más tarde. Todavía tengo que ir a casa a preparar la ropa de esquí. Tendría que haber hecho el equipaje anoche pero estaba agotado.

Amanda asintió y se quedaron charlando un rato. Volvieron a sentirse cómodos y a reír. Jack le contó el incidente en la tienda de las dos mujeres que se habían peleado por un novio.

–¿Te imaginas qué noticia para la prensa del corazón? Pero si se enteran los periodistas, las dos nos acusarán de chivarnos. En realidad se lo merecen. –No le dijo quiénes eran ni se lo iba a decir. Era asombrosamente discreto con su negocio–. ¿Y qué harás esta semana?

–Nada en especial. Quizá vea a las chicas, si no están muy ocupadas. –Jack no le reiteró la invitación al lago Tahoe. Sabía que no estaba preparada–. A lo mejor voy al cine. ¿Y tú? ¿Te vas con alguien?

Amanda seguía intentando convencerse de que sólo eran amigos y que no le importaba que fuera con otra mujer. Pero le habría molestado y lo sabía.

–No, me voy solo. Así esquío mejor. –Cansado de seguir con el juego, le cogió la mano y confesó–: Te voy a echar de menos. –Amanda asintió y él no dijo nada. Y le lanzó una mirada que, si no hubiera llevado su coraza de amianto, le habría derretido el alma–. ¿Qué haces en Nochevieja? –le preguntó con fingida indiferencia.

Ella se echó a reír.

–Lo mismo que todos los años. Matthew detestaba la Nochevieja. Nos íbamos a dormir a las diez y al día siguiente nos deseábamos feliz Año Nuevo.

–Qué emocionante –sonrió.

–¿Y tú?

–Este año creo que será como el tuyo. A lo mejor me quedo en el lago Tahoe. –La miró y de pronto se sintió bastante estúpido–. Pero… podríamos hacer algo un poco diferente. Dar una vuelta juntos, como amigos, ir al cine o ver la televisión. No tengo que trabajar y no hay ninguna ley que impida que seamos amigos, ¿no?

–¿Y tu viaje para ir a esquiar?

–En todo caso tengo una rodilla hecha polvo –sonrió–. El traumatólogo me lo agradecerá.

–¿Y después qué? Ésa es la parte que me asusta. –Curiosamente no le costó decírselo con sinceridad.

–Todavía no tenemos que preocuparnos por esa parte. No hace falta llevar la cuenta de nada. Tenemos derecho a no pasar las vacaciones solos. ¿A quién tenemos que rendir cuentas? ¿A ti? ¿A mí? ¿A nuestros hijos? ¿A Matt? Ya ha pasado un año. No le debes nada a nadie. Aunque más no sea, tenemos derecho a un poco de consuelo y amistad. ¿Qué te puede pasar por ir al cine?

–¿Contigo? Seguramente más de lo que me atrevería a pensar.

–Me sentaré solo en la fila del fondo. Ni siquiera me acercaré a ti.

–Estás loco.

Meneó la cabeza mientras lo miraba. Trataba de obligarse a decirle que no, que se fuera. Sabía que debía hacerlo, pero era tan condenadamente atractivo...

–Yo también llegué ayer a la misma conclusión: que estoy loco. En realidad, hasta llegué a preocuparme.

–Y yo –sonrió Amanda–. Todo en ti me preocupa. Si fuera sensata, te diría que no quiero verte hasta el bautizo del primer hijo de Paul y Jan.

–Eso podría llevar un tiempo. En el mejor de los casos, al menos nueve meses. Y es mucho tiempo para renunciar a ir al cine. ¿Qué me dices?

–Te digo que te vayas al lago Tahoe y te lo pases muy bien, Jack. Llámame cuando vuelvas.

–De acuerdo. –Ya era bastante mayor y sensato para aceptar una derrota. Le costaba dejarla, pero se puso de pie. Ojalá pudiera convencerla–. Feliz Año Nuevo –le deseó mientras le daba un beso en la frente.

Cuando llegó a la puerta principal y la abrió, oyó que Amanda le decía algo. Se volvió y la vio en el vano de la puerta de la cocina.

–¿Qué has dicho?

La expresión de sus ojos lo dejó inmóvil. Parecía asustada, pero lo miraba a los ojos decidida.

–He dicho que hay una película en el Beverly Center que me gustaría ver. Empieza a las cuatro. ¿Quieres venir?

–¿Lo dices en serio? –Su voz era un murmullo.

—Creo que sí... quiero... pero todavía no lo sé.

—Te paso a buscar a las tres y media. Ponte unos tejanos. Iremos a cenar al restaurante tailandés. ¿De acuerdo?

Una sonrisa asomó en sus ojos mientras Amanda aceptaba con la cabeza. Jack se marchó sin darle tiempo a cambiar de idea otra vez.

Llegó a su casa y anuló su reserva en el lago Tahoe.

6

Los siguientes cinco días fueron mágicos. Jack y Amanda parecían flotar en el espacio como ajenos al tiempo. Fueron al cine, caminaron por el parque, hablaban de todo lo que se les ocurría o sencillamente se quedaban sentados en silencio. No había ningún motivo de tensión. Jack llamaba a la tienda pero no iba, y Gladdie, que al fin no se había tomado vacaciones, se ocupaba de todo. Por primera vez en años, Julie's no le importaba nada. Sólo quería estar con Amanda. No se dijeron nada, no se hicieron preguntas ni promesas, sencillamente estaban juntos. Y era exactamente lo que ambos necesitaban y deseaban.

Amanda sentía que se recuperaba día tras día, y él que volvía a convertirse en el hombre que había sido con Dori, pero mejor. Era mayor y más experto, y había perdido demasiado tiempo en los últimos trece años. De pronto sentía que podía dejar entrar a alguien en su vida.

A veces hablaban de Matt, y en una oportunidad ella lloró. Pero después pareció sentirse más tranquila con él. Poco a poco, iba aceptando que él había muerto y ella estaba viva, y quería dejar de sentirse culpable por ello. Sin decirle nada a Jack, un buen día se quitó la alianza y la guardó en el alhajero. Había llorado, pero sentía que ya no tenía derecho a seguir usándola. Nunca se lo mencionó a Jack, pero él lo notó inmediatamente durante la siguiente vez que cenaron juntos. Como sabía que seguramente había sido un gran paso para Amanda, con mucha diplomacia se abstuvo de hacer comentarios.

Comieron en buenos restaurantes de toda la ciudad, no se encontraron con nadie conocido, y vieron algunas películas malísimas de las que después se rieron. Por la noche, Jack volvía a su casa y se quedaban en el umbral un buen rato charlando y despidiéndose. El día anterior a Nochevieja, mientras ella cocinaba, Jack se acercó y la besó. Hacía mucho tiempo que tenía ganas de hacerlo, pero de pronto tuvo miedo de asustarla otra vez. La reacción de Amanda, sin embargo, fue de cualquier cosa menos de miedo. Le sonrió con suavidad y una gran sensación de alivio se apoderó de él. No la había perdido. No se dijeron nada, pero aquella noche, más tarde, volvió a besarla mientras estaban sentados en la sala con las manos cogidas, en la oscuridad, delante del fuego. Ella estaba completamente a gusto con él.

A medianoche, Jack se marchó y la llamó en cuanto llegó a su casa.

—Me siento otra vez como un chico, Amanda —le dijo con una voz irresistiblemente sexy.

—Yo también —sonrió ella—. Gracias por ir despacio conmigo. Esta semana ha sido increíble. Era lo que necesitaba, pasar un poco de tiempo contigo. Es un regalo maravilloso... mejor que la Navidad.

Se rieron del hecho de que el teléfono hubiera sonado varias veces aquella noche. Suponía que eran las hijas, pero Amanda no había atendido. Quería ese tiempo para ella y para él. Ellas ya habían tenido toda su atención durante años, lo mismo que Matt. Ahora le tocaba a ella. Era la primera vez en años que tenía una vida propia que no incluía a su familia, y sabía que lo necesitaba.

Habían planeado ir a patinar sobre hielo al día siguiente y quizá a ver otra película. Ya habían visto casi toda la cartelera de la ciudad. Para Nochevieja pensaban prepararse una cena, beber champán y tratar de aguantar despiertos hasta medianoche.

–Lamento que no hayas ido a esquiar –le dijo Amanda por teléfono.

–Pues yo no –bromeó Jack–. Esto es mucho mejor. Es lo más romántico que he hecho en mi vida y no me lo perdería por nada, ni por todo el oro del mundo.

Le dio las buenas noches y deseó poder besarla otra vez.

Al día siguiente, mientras patinaban, se rieron como dos criaturas. Se lo pasaron en grande. Esa noche, la última del año, Amanda preparó pato asado y un soufflé de postre. Fue una cena perfecta.

A las diez, sentados otra vez delante de la chimenea, empezaron a besarse apasionadamente. Jack sirvió dos copas de champán y se las bebieron más rápido de lo que pensaban. Con el calor del fuego y del champán, los besos parecían más embriagadores que nunca, y Amanda no tenía ni idea de la hora que era cuando Jack, con su voz grave y sexy, le dijo que la amaba y que quería acostarse con ella. No le respondió, se limitó a abrazarse a él y asentir. Lo deseaba más que a nada en el mundo, y, por primera vez, él no podía parar de preguntarse si ella se arrepentiría. También la deseaba desesperadamente.

La siguió hasta la habitación y lo que descubrió allí lo llenó de asombro: tenía un cuerpo casi de muchacha, pero mejor en cierto modo. Era alta y delgada, con unos pechos más grandes de lo que se esperaba. Cuando la penetró, ella le dijo que lo amaba y comenzaron a moverse lentamente. Era una sensación de plenitud que nunca había experimentado, ni siquiera soñado, ni con su marido ni con los dos hombres con los que había estado antes que él. Para una chica joven del Hollywood de aquella época era increíblemente casta. Pero en ese momento, entre ellos dos no había historia, sino sólo pasión y presente. En el instante culminante, sintió como si el universo estallara en fuegos artificiales y, saciada, se quedó inmóvil debajo de él. Le gustaban los gemidos de Jack, la forma en que la acariciaba, la sensación de tenerlo dentro. Ya era enteramente suyo y, con esa dulce sensación, se durmió poco después entre sus brazos, mucho antes de medianoche. No hubo penas, ni arrepentimientos, ni juicios… hasta la mañana siguiente.

Ella despertó entre sus brazos, mientras él le acariciaba los pechos y le sonreía. La luz del sol inundaba la habitación que había compartido con su marido. Se quedó quieta durante un rato y miró a Jack, sin saber si reír o llorar, o volver a hacer el amor con él. Quería las tres cosas al mismo tiempo. Pero en cambio, salió despacio de la cama, cruzó la habitación y se volvió a mirarlo. Parecía una cervatilla en toda su gloria.

–¿Estás bien? –preguntó él mirándola con deseo pero repentinamente preocupado. Amanda parecía diferente.

–No lo sé –musitó. Se sentó desnuda en una silla tratando de decidir si estaba loca o simplemente muy feliz–. No puedo creer lo que hice anoche.

Él tampoco, pero nunca se había sentido más feliz en su vida y ya no quería renunciar a ella. Ahora la conocía, sabía lo que significaba para él y la deseaba apasionadamente. Y Amanda le había dicho que lo amaba.

–No me digas que fue sólo por el champán… porque me moriría.

–No, no fue eso. –Lo miró nerviosa–. Pero ¿estaba borracha? –Parecía asustada.

–No lo creo… sólo habías tomado dos copas…

–Fue el fuego… tus besos… y…

–Amanda, por favor, deja de torturarte.

Jack se acercó y se arrodilló a su lado, tenía un cuerpo espléndido, como el de ella.

–He hecho el amor en la cama que compartía con mi marido… –Al mirarlo se le llenaron los ojos de lágrimas–. No puedo creer lo que he hecho. Dios mío, Jack, ¿qué clase de mujer soy? Estuve veintiséis años casada con un hombre y he hecho el amor contigo en su cama. –Empezó a pasearse nerviosamente mientras él trataba de no enfadarse.

–Si lo dices así parece un crimen, Amanda. Me

has hecho el amor y yo te lo he hecho a ti. Te quiero. Por Dios, somos adultos, y tú estás viva. ¡Amanda, estás viva! Y yo estoy más vivo que en los últimos veinte o treinta años, quizá que en toda mi vida.

En ese momento sonó el teléfono, pero ella no se movió para atenderlo. Le daba igual quién fuera. Lo único que le importaba era que había traicionado a su marido.

—Es su cama, nuestra cama...

Se echó a llorar desconsoladamente mientras Jack la miraba andar por la habitación sin atreverse a acercarse.

—Pues compra una nueva —explotó a su pesar—. Es tu cama, por favor. La próxima vez lo haremos en el suelo... o en mi casa...

—¡Necesitarás un exorcista para purificar tu cama! —le dijo bañada en lágrimas.

—Querida, cálmate... por favor... sólo es un poco traumático. Es la primera vez, lo comprendo. Pero, por Dios, jamás he disfrutado tanto en mi vida... Nos queremos... hemos pasado sólo una semana juntos y estamos locos el uno por el otro. ¿Qué más quieres? ¿Un noviazgo de dos años?

—Quizá. No hace ni un año de su muerte. —Se sentó llorando como una niña. Jack sólo se atrevió a darle un pañuelo de papel.

—Dentro de tres días se cumple un año —la consoló—. Esperemos. Hagamos como que esto no ha pasado.

—Sí... Volvamos a ser amigos. Vayamos al cine, pero nunca más hagamos el amor. Jamás.

Amanda trataba de reconciliarse consigo misma, pero Jack no estaba dispuesto a llegar a tanto. La quería demasiado como para perder alguna parte de ella, especialmente la que había descubierto la noche anterior. Era gloriosa.

—No perdamos la calma, ¿de acuerdo? Nos tomamos un café, nos damos una ducha y salimos a dar un paseo. Ya verás como te sentirás mejor.

—Soy una zorra, Jack. Como todas las otras con las que te acuestas. —El teléfono volvió a sonar pero no le hicieron caso.

—No eres ninguna zorra. Y con la única que me acuesto ahora es contigo. ¿De acuerdo? No he vuelto a mirar a otra mujer desde que te vi en la fiesta de la tienda. Eso ya lo has echado a perder, pero no voy a dejar que eches a perder lo nuestro. ¿Comprendes?

—No tengo derecho a acostarme con nadie en la cama de mi marido.

Estaba alterada y Jack empezaba a exasperarse. Pero se acercó a ella, la cogió de la mano y la obligó a ponerse de pie.

—Vamos a tomar un café.

Ninguno de los dos había hecho nada para cubrirse y ella no reparó en que no sentía nada de vergüenza con él. Era como si hubieran estado juntos desde siempre.

Jack le preparó una taza de café, desnudo en la cocina. Amanda lo tomó y le quemó al pasar por la garganta, pero cuando se sentaron a la mesa se sentía un poco mejor. Era un ambiente acogedor, y ahí estaban, desnudos y tomando café.

—¿Quieres el periódico? —le preguntó Amanda con toda naturalidad.

De pronto se sentía como una esquizofrénica. Un minuto estaba cómoda con él, y al siguiente ahogada por la culpabilidad y la angustia. Pero ahora ya se sentía mejor.

–Sí –respondió él–. Me encanta echarle un vistazo por la mañana.

–Ahora te lo traigo.

Se dirigió a la puerta de entrada, la abrió con la taza de café en la mano y se agachó para recoger el diario. La puerta principal estaba resguardada, y ella sabía que nadie podía verla. Pero en el momento en que se agachó, vio entrar el coche de Jan, y a ésta y a Paul que la miraban boquiabiertos. Levantó el periódico, dio un portazo y corrió hacia la cocina. Arrojó el periódico sobre la mesa, se le derramó el café y Jack la miró perplejo.

–¡Tienes que marcharte! –Lo miró aterrorizada.

–¿Ahora?

–Sí… Ay, mierda… no puedes irte… están ahí fuera… Sal por la puerta del fondo, detrás del lavadero. –Señaló un punto indeterminado agitando la mano frenéticamente.

–¿Quieres que me vaya así? ¿O me das un minuto para que me vista?

Pero en el momento en que le hacía la pregunta, sonó el timbre y Amanda casi se desmaya.

–¡Dios mío…! ¡Son ellos…! ¡Dios mío! Jack… ¿qué hacemos? –Se había echado a llorar de nuevo, pero esta vez él se reía.

–¿Quién es? ¿El hombre del saco? Es Año Nuevo, por favor, no hagas caso.

–Son nuestros hijos, bobo. Me han visto cuando fui a buscar el periódico.

–¿Qué hijos?

–¿Cuántos hijos tenemos, por Dios? Jan y Paul. Me miraron como si estuviera loca.

–Bueno, en eso por lo menos no se equivocan. ¿Quieres que los haga entrar?

–No… Quiero que te marches… No, ve a esconderte en la habitación.

–Tranquila. Diles que estás ocupada y que vuelvan más tarde.

–¿Te parece…? De acuerdo.

Jack subió rápidamente a la habitación y cerró la puerta, mientras Amanda con manos temblorosas ponía la cadena en la puerta de entrada y abría apenas un resquicio para hablar con su hija.

–Hola –los saludó con una sonrisa desde detrás de la puerta–. Feliz Año Nuevo.

–Mamá, ¿estás bien?

–No, bueno… sí… Estoy bien, pero muy ocupada… Me duele la cabeza… tengo resaca. Bueno, en realidad no, anoche sólo bebí dos copas de champán. Creo que soy alérgica.

–Mamá, ¿por qué estabas desnuda en el umbral? Pueden verte los vecinos.

–Nadie me ha visto.

–Nosotros sí.

–Lo siento. Bueno, gracias por venir, querida; ¿por qué no volvéis más tarde? ¿O mañana? Sería perfecto. –Las palabras le salían a borbotones.

–¿No podemos entrar?

Jan parecía preocupada, pero Paul no quería molestar. Era evidente que habían llegado en mal momento. Habían intentado llamarla, en lugar de presentarse sin avisar. Incluso pensaba que no la encontrarían.

—No podéis entrar por... porque me duele la cabeza... Estoy durmiendo.

—No estás durmiendo. Acabas de salir a buscar el periódico. Mamá, ¿qué pasa?

—Nada, cariño, pero la próxima vez llámame antes de venir. No es de buena educación aparecer sin avisar... pero me alegra que lo hayáis hecho... Te llamaré más tarde...

Se despidió con la mano y les cerró la puerta en las narices. Se quedaron en el umbral un minuto y regresaron al coche, completamente desconcertados. Jan miró a su marido con cara de preocupación.

—¿Crees que mi madre tiene problemas con la bebida?

—En absoluto. Sencillamente no quería visitas a esta hora. Tiene derecho. Vaya, a lo mejor tiene alguna aventura y el hombre aún estaba allí. Todavía es joven y... en fin, hace un año que tu padre ya no está. —Parecía divertido por su propia ocurrencia, pero Jan lo miró ofendida.

—¿Estás loco? ¿Mi madre? ¿Crees que haría algo así? No seas ridículo. Que tu padre, a su edad, se pase la vida en la cama no significa que mi madre haga lo mismo. Paul, es muy desagradable de tu parte.

—Cosas más raras se han visto.

A esas alturas estaban cruzando Bel Air.

Amanda había vuelto a la habitación. Jack acababa de abrir la ducha y le sonrió cuando ésta cerró la puerta y se apoyó como si huyera del FBI.

–¿Qué les has dicho? ¿Los has saludado de mi parte? –Le divertía su reacción.

–Es la cosa más vergonzosa que me ha pasado en toda mi vida. Nunca me lo perdonarán.

–¿Qué, que no los hayas dejado entrar? Tendrían que haber llamado.

–Lo hicieron, pero no contestamos.

–Entonces no tenían por qué venir. Es una lección sencilla. ¿Quieres darte una ducha?

–No; quiero morirme. –Se arrojó en la cama y Jack se sentó en el borde mirándola con cariño.

–¿Sabes que no paras de echarte problemas encima?

–Me lo merezco –dijo, otra vez con lágrimas en los ojos–. Soy una persona terrible y algún día mis hijas se enterarán. –Miró a Jack con ojos de terror–. No se lo contarás a Paul, ¿verdad? Dios mío, se lo diría a Jan… y Jan a Louise…

–Y enseguida saldría en los periódicos. Caramba, Paul y yo siempre hemos hablado de las mujeres con las que me acuesto. No puedes quitarme eso ahora. Pensará que estoy demasiado viejo y…

–Dios mío, me quiero morir. –Giró sobre la cama y se quedó boca abajo con la cara hundida en la almohada.

Jack le sonrió y empezó a besarle suavemente la espalda. La besó desde la punta de la nuca hasta las nalgas, y después le hizo un masaje. Amanda se dio la vuelta con unos ojos que le recordaron la noche anterior. El efecto sobre él fue inmediato. Ella le abrió los brazos sin decir nada, y él se agachó y la besó. La deseaba más que nunca.

–Te quiero, cariño.

Había sido una mañana de lo más agitada.

–Yo también te quiero –respondió Amanda con voz ronca mientras lo atraía hacia sí.

–Espera un minuto –dijo Jack mirándola–. Antes de que me arrastres otra vez a ese torbellino, ¿quieres ir a otra habitación? ¿Salir de la cama quizá?… ¿Qué te parece el sofá o la bañera? –le preguntó mientras le acariciaba suavemente los pechos y sus manos se deslizaban hacia abajo.

–No importa… Estamos bien aquí –respondió con una sonrisa.

–Sí, eso dices ahora –sonrió Jack–, pero… ¿y más tarde?

–Quizá tengas que volver a hacerme el amor para tranquilizarme… creo que tiene un efecto muy calmante, muy terapéutico… –le dijo extendiendo los brazos hacia él. Lo acarició con los labios hasta hacerlo gemir–. Te quiero, Jack –añadió mientras volvía a tocarlo con suavidad.

–Yo también te quiero, cariño.

En ese momento la pasión se apoderó de ellos y todo el enredo de la mañana quedó olvidado instantáneamente.

7

El resto de la semana de Año Nuevo pasó tranquilamente. Jan llamó a su madre para ver cómo estaba, pero Amanda se ocupó de tranquilizarla y luego llamó a Louise. Jack llamó a Julie y a Jan y Paul para desearles felicidades.

Pasaron el día de Año Nuevo en casa de ella y volvieron a hacer el amor. Por la noche fueron a Malibú, a la casa de Jack. Tenía una vivienda pequeña y acogedora que habitaba desde hacía años, llena de objetos queridos y antiguos de buen gusto. Había unos sillones de piel muy cómodos, mesas cubiertas de libros y algunas artesanías muy bellas. Amanda se sorprendió de comprobar lo bien que se sentía allí.

Al día siguiente pasearon por la playa cogidos de la mano, hablando de sus hijos. Amanda seguía preocupada por Jan y esperaba que pudiera quedarse embarazada.

–Si no se morirá de pena –dijo con tristeza.

Tener hijos había significado mucho para ella, así que no le costaba imaginarse lo traumático que sería para Jan no poder hacerlo.

–¿Y tú qué? –le preguntó Jack en voz baja mientras regresaban a la casa esa tarde.

–¿A qué te refieres?

–No quiero que te quedes embarazada –le dijo con franqueza–. Supongo que todavía cabe la posibilidad.

A los cincuenta años, Amanda era aún tan joven en muchos aspectos que Jack suponía que aún no tenía la menopausia. De todas formas, habían tenido cuidado. Jack era muy responsable en cuanto al sida, especialmente dado el estilo de vida licencioso que había llevado. Pero hacía un tiempo que lo había abandonado, sobre todo por coincidencias, distintas circunstancias y las enormes exigencias de la temporada navideña en su negocio. Además, desde que Amanda se había cruzado en su camino, no se había interesado en ninguna otra mujer. En los próximos días pensaba hacerse una nueva prueba del sida y después quería dejar de usar preservativo, aunque lo último que deseaba era que ella se quedara encinta.

–Nunca he pensado en eso –respondió Amanda mirándolo a los ojos. Le había sido fiel a su marido durante veintisiete años, incluido el que acababa de pasar–. No creo que a mi edad sea un problema muy grande.

Hacía más de veinte años, desde un aborto natural que había tenido cuando Jan estaba en el parvulario, que no se quedaba embarazada. Aún recordaba la desilusión sufrida y lo traumático que había sido. Así que la posibilidad de quedarse encinta le parecía absurda y se lo dijo.

–No es ni la mitad de absurda que la posibilidad

de imaginarme a mí huyendo a Brasil o embarcándome como marino mercante –le dijo él, y ella rió.

Durante años se había topado muchas veces con mujeres que aseguraban estar embarazadas de él, o que lo llamaban para decirle que tenían un retraso o que se habían olvidado de tomar la píldora. Era un quebradero de cabeza constante.

–Bueno, espera un tiempo –sonrió Amanda–. Creo que un día de éstos dejará de ser un problema.

Ya había pensado en la menopausia pero aún no tenía síntomas de ésta. El médico le había dicho que al menos le faltaba uno o dos años. Y, a diferencia de Jan, nunca había tenido problemas para quedar embarazada.

–No veo la hora... –bromeó, pero estaba de acuerdo con ella.

Aunque técnicamente pudiera quedarse embarazada, a los cincuenta años no parecía muy probable.

Esa noche, Jack preparó la cena y se sentaron delante del fuego a contemplar la luna llena sobre el mar. En Malibú ella estaba más tranquila, no tenía que pensar en Matt. De pronto sintió que empezaba una vida completamente nueva con Jack Watson. Era asombroso que después de la agonía del último año, de tener la sensación de que su vida había acabado, de pronto se sintiera renovada, joven y animada, como si estuvieran hechos el uno para el otro. Se preguntó si sería una equivocación seguir adelante, pero aunque lo fuera ya no podía detenerse. Lo único que deseaba era estar con él.

Cuando Jack volvió a trabajar, se sentían como

huérfanos. Ella no sabía qué hacer sola y él la llamaba numerosas veces cada día, pasaba por su casa a almorzar, a hacerle el amor o sólo a estar con ella. Y cuando volvía a la tienda, Amanda encontraba mil razones para llamarlo o pedirle algo.

—Estoy un poco pesada, ¿no? —le preguntó un día.

Era la segunda vez que lo llamaba en una hora, y él se había marchado sólo media hora antes que eso. Esa noche irían a cenar a su restaurante tailandés favorito. Era un escondite perfecto porque sabían que allí no se encontrarían con nadie conocido. Ella aún no quería decírselo a sus hijas y habían accedido entre los dos a mantener la aventura en secreto.

—Tú nunca eres pesada. Me encanta hablar contigo —sonrió Jack mientras ponía los pies sobre el escritorio y agradecía a Gladdie la taza de café que le traía. Se le ocurrió una idea—. ¿Por qué no vamos a San Francisco este fin de semana? Hay otro local en la calle Post que quiero ver.

—Me encantaría.

Decidieron ir esa misma semana. Después de colgar, Jack llamó a Gladdie, que entró con un bloc de notas y expresión preocupada.

—¿Algún problema? —le preguntó Jack mirándola. Durante los últimos seis meses les habían retenido seis envíos en la aduana.

—Quizá no debería preguntar —dijo ella—, pero ¿están bien sus hijos?

—Claro. ¿Por qué? —Jack parecía sorprendido. A lo mejor ella sabía algo que él ignoraba.

—No, pero he notado que la señora Kingston lo

llama con mucha frecuencia y pensé que... me preguntaba si Paul y Jan...

Le daba vergüenza preguntárselo, pero hacía tres años que estaban casados, no tenían hijos y la vida en Los Ángeles iba muy deprisa. Quizá tuvieran problemas, y Amanda y Jack hablaban de ellos.

–No; están bien –respondió él con una sonrisa misteriosa.

Gladdie se dio cuenta. Desde Navidad que no lo llamaba nadie. Es decir, nadie importante, y cuando lo llamaba alguna de las «chicas», le pedía a ella que les dijera que estaba ocupado. Gladdie tardó un minuto, pero con su sagacidad característica lo entendió todo.

–Comprendo –dijo con una sonrisa pícara.

Amanda era todo un personaje. Pero Gladdie jamás se habría imaginado que... La vida era muy curiosa.

–Glad, asegúrese de que no se entere nadie. Todavía no queremos que lo sepan los chicos.

–¿Va en serio?

Hacía tanto tiempo que trabajaba para él y le tenía tanto cariño que se atrevía a hacerle preguntas que nadie le hubiera hecho. Era digna de su confianza.

Jack dudó un instante antes de responder.

–Es posible... –Y decidió serle sincero. Estaba loco por Amanda. No había sentido nada semejante por ninguna mujer desde Dori, a la que Gladdie no había llegado a conocer. Lo único que conocía era ese muestrario de mujeres guapas que desfilaban por la vida de Jack–. Sí, va en serio.

Se miraron a los ojos y ella lo vio más joven y feliz que nunca.

—¡Vaya! Estoy impresionada. Los chicos se alegrarán, ¿no?

—Creo que sí, pero Amanda no está muy segura. Antes de decirlo esperaremos un poco a ver cómo van las cosas.

Le pidió que le hiciera reservas en la suite presidencial del Fairmont y que concertara una cita con el agente inmobiliario del local de la calle Post.

El viernes por la tarde volaron a San Francisco. Amanda recorrió la suite con esas vistas fabulosas y se sintió como si estuviera de luna de miel. La primera noche cenaron en el Fleur de Lys, y la segunda en la habitación. El sábado fueron a ver el local, que entusiasmó a Jack a su pesar. Al margen de los inevitables dolores de cabeza de la apertura de una nueva tienda, empezaba a enamorarse de la idea de llevar Julie's a San Francisco.

—Debo de estar loco —le comentó a Amanda—. Mira que tener ganas de meterme en este lío a mi edad.

Pero últimamente, desde que estaba con ella, se sentía mucho más joven. No paraba de explicarle las ideas que tenía para la nueva tienda. Se sentía otra vez como un niño; siempre había sentido debilidad por San Francisco.

No le importaba tener que pasar temporadas en esa ciudad, especialmente si Amanda estaba con él. Hablaron de ellos mientras volvían de Union Square andando. Era una caminata en subida, y cuando llegaron al Fairmont estaban sin aliento pero pletóricos. Jack se sentía de excelente humor, y ella también. Volvieron a pasar el resto de la mañana en la cama.

Amanda no quería regresar. Había sido un fin de semana perfecto y el lunes debía almorzar con sus hijas en el Bistro. Louise estaba bien, pero Jan parecía muy deprimida. Amanda temía que el médico le hubiera dado malas noticias.

Sus hijas, sin embargo, antes de que ella les preguntase nada, le comentaron lo bien que la veían.

—Estás estupenda, mamá —dijo Jan con cara de alivio.

Desde el día de Año Nuevo estaba preocupada por ella. A lo mejor no era más que un mal día, pero su madre se había comportado de una manera muy rara.

—Gracias, querida. Tú también.

No obstante, Jan tenía una mirada triste. A mitad de la comida se decidió a hablar del tema.

—Paul fue a ver al médico —dijo, y se le llenaron los ojos de lágrimas.

Amanda la cogió de la mano, y, por una vez, hasta Louise pareció preocupada.

—¿Y? —preguntó la hermana—. ¿Es estéril?

—No; está bien —respondió enjugándose una lágrima—. Y yo también. No saben por qué no me quedo embarazada. Me han dicho que quizá sea sólo cuestión de tiempo, pero que cabe la posibilidad de que jamás lo consiga. Parece que hay gente perfectamente normal que no queda embarazada. Nadie sabe por qué. Supongo que porque tiene que pasar. —Se echó a llorar y Amanda le ofreció un pañuelo de papel. Jan se sonó la nariz y suspiró—. Tal vez nunca tengamos hijos —continuó—. Volví a hablar con Paul sobre la adopción y me dijo que, antes que adoptar, preferiría no tener hijos. Sólo quiere un hijo biológicamente suyo.

Parecía desesperada y Amanda sintió que se le rompía el corazón.

–A lo mejor cambia de idea, querida, o tú te quedas embarazada. Estoy segura. A veces se tarda mucho tiempo, y después aparecen cuatro seguidos y una no puede parar.

Las dos trataron de levantarle el ánimo, pero por la forma en que Jan las miraba era evidente de que no les creía.

Esa noche, cuando Amanda se lo contó a Jack, éste sintió pena por ellos.

–Pobres chicos. Dios mío, cuando pienso en todas las bromas que le he hecho sobre el tema... Debe querer matarme.

–No sé si él está tan trastornado como ella por esta cuestión –dijo Amanda pensativa. Estaba muy preocupada por su hija. La había visto tan deprimida y desesperada.

–A lo mejor, si se olvidaran del asunto por una temporada, un buen día sencillamente sucedería.

–Eso le he dicho. Pero creo que en circunstancias así no se puede pensar en otra cosa. Tengo amigas que han pasado por lo mismo.

Jack asintió y empezaron a conversar sobre otras cosas. Parecía como si siempre tuvieran mil cosas que decirse. Él le hablaba mucho de la tienda, le pedía su opinión sobre colecciones que compraba, especialmente las más caras. Ella tenía buen gusto y buen ojo, y le daba sugerencias muy útiles. Ahora estaba muy interesado en sus consejos sobre la nueva tienda que pensaba abrir en San Francisco. Probablemente no se inauguraría hasta al cabo de un año o más, pero Jack estaba ansioso por ponerse a trabajar.

A Amanda le gustaba ir a visitarlo a la tienda de Rodeo, y Gladdie se quedaba impresionada cada vez que la veía. No había duda de que era una mujer espectacular, pero también muy humana. A veces se quedaban charlando. Gladdie era la única confidente y le alegraba saber el secreto.

El mes pasó volando. Estuvieron un fin de semana en Palm Springs, y en febrero la llevó a esquiar a Aspen. Se lo pasaron estupendamente y se encontraron con algunos amigos de Jack que la reconocieron. Todos se quedaron impresionados de verlo con ella y, para disgusto suyo, hasta salió un cotilleo en el periódico de Aspen.

—Espero que nadie llame a Los Ángeles. No es una buena forma de que se enteren nuestros hijos.

—Quizá deberíamos decírselo un día de éstos.

Hacía casi dos meses que no se separaban, pero habían evitado a la prensa de Los Ángeles manteniéndose al margen de todos los acontecimientos sociales.

Cuando Amanda volvió a almorzar con Louise y Jan, ésta seguía tan deprimida que no se animó a decírselo. Le parecía egoísta jactarse de su felicidad cuando la hija estaba tan triste. La única vez que rió durante la comida fue cuando mencionó algo sobre el padre de Paul.

—Paul cree que tiene una relación seria. Está muy tranquilo. Paul dice que parece más joven y que va por ahí con una sonrisa de oreja a oreja. Pero no dice nada sobre ella. Seguramente será alguna monada de diecinueve años. Pero sea quien sea, parece que lo tiene sosegado y feliz.

–Conociéndolo, debe estar liado con unas quintillizas –comentó Louise con sarcasmo.

–Bueno, chicas, pobre hombre... tiene derecho a vivir como quiere –dijo Amanda con torpeza.

–¿Y desde cuándo eres tan generosa con él? –preguntó Louise.

Después, la conversación versó sobre otras cosas, pero Amanda se sentía incómoda mientras se preguntaba cómo decírselo.

Esa noche, cuando se lo contó a Jack, él se rió de ella.

–Te comportas como si esperaras que te tomaran por una virgen.

–Peor. Soy la madre. ¿Sabes lo que significa? Nada de sexo, ni de novios, ni de manitas, salvo con papá.

–Son adultas. Lo entenderán.

–Quizá. –Pero no estaba convencida. Conocía a sus hijas.

Últimamente pasaban mucho tiempo en Malibú. El clima era más cálido, la playa estaba fantástica y a ella le encantaba estar allí. Todavía le resultaba incómodo acostarse con él en su propia casa, era más fácil en la de Jack. Por la mañana le preparaba el desayuno y después él se iba a trabajar y ella volvía a su casa.

Una semana antes de San Valentín, mientras Amanda le preparaba una tortilla, Jack se asombró de verla triste.

–¿Pasa algo? –le preguntó al entrar con el periódico bajo el brazo.

Amanda tenía tan buen humor por las mañanas que le desconcertó verla así.

–No sé... no me siento muy bien. –El día anterior había tenido dolor de cabeza y esa mañana estaba un poco mareada. Pero últimamente, después de creer que nunca llegaría, había empezado a pensar que comenzaba la menopausia. Tenía síntomas muy leves, pero a pesar de todo los había notado–. La semana pasada los niños de Louise tuvieron gripe, a lo mejor me contagié cuando fui a verlos. –Le echó una mirada por encima del hombro–. No te preocupes, sobreviviré.

–Eso espero –respondió Jack aliviado mientras le tendía una taza de café.

Amanda la dejó sobre la mesa y terminó de hacerle la tortilla y las tostadas. También le había preparado un bol de frutas. Se sentó con él en la mesa y mordisqueó una tostada. Al tomar un sorbo de café el olor le provocó náuseas.

–¿Estás bien? –preguntó Jack.

–Sí, pero creo que el café no está bueno. ¿Hace mucho que lo tienes?

–Acabo de comprarlo –respondió mientras abría el periódico–. Es la misma marca de siempre. Creí que te gustaba.

Jack estaba incómodo, siempre intentaba complacerla en todo para que se sintiera feliz.

–Sí, en general me gusta. Debo ser yo. Seguro que enseguida se me pasa.

Jack se marchó al trabajo y ella se recostó un rato, pero más tarde, cuando regresó a su casa, seguía mareada. Al mediodía la llamó por teléfono para invitarla a almorzar, pero ella le dijo que quería dormir un poco para ver si le pasaba el dolor de cabeza. Esa tarde, cuando Jack fue a buscarla, ya se sentía mejor, y al día siguiente estaba bien del todo. Evidentemente había sido una gripe. Por la mañana, hasta el café le supo bien y estaba con su buen humor de siempre y así siguió... hasta el día de San Valentín, cuando Jack le trajo una caja de bombones.

—¡Dios mío! Si me como esto voy a engordar cien kilos.

—Pues me parece bien, los necesitas.

Jack le había mandado dos docenas de rosas y por la noche iba a llevarla a cenar a L'Orangerie. Le dijo que no le importaba que los vieran los hijos. Amanda abrió la caja de bombones y eligió uno, pero en el momento en que se lo llevó a la boca no pudo tragarlo. Jack levantó una ceja y le preguntó:

—¿Tienes náuseas otra vez?

Había estado bien toda la semana, pero el chocolate, igual que el café de esa mañana, le había dado asco.

—Estoy bien —lo tranquilizó mientras se obligaba a comerse el bombón.

Pero en L'Orangerie, cuando Jack pidió caviar para ella, volvió a torcer el gesto. A pesar de su esfuerzo y de que le gustaba mucho, esta vez no consiguió tragárselo.

—Creo que deberías ir al médico.

Parecía preocupado. Por lo general era una mujer tan sana y llena de energía que Jack, al ver que se sentía mal, se preocupó más de lo que quería demostrar.

—Los hijos de Louise tuvieron lo mismo durante tres semanas. De veras, no es nada.

Pero estaba muy pálida y apenas probó la comida.

Pese a la preocupación de Jack, fue una velada muy agradable. Los dos estaban de buen humor y se quedaron a pasar la noche en casa de Amanda. Hicieron el amor en cuanto llegaron y fue el San Valentín más feliz de su vida.

A la mañana siguiente, mientras desayunaban en la cocina, por fin accedió a contárselo a sus hijas.

—¿Por qué no compartimos nuestra felicidad con ellos? —le preguntó Jack.

Era una relación tan maravillosa que quería que ellos lo supieran.

—Quizá tengas razón. Ya son lo suficientemente mayores para comprenderlo.

—Será mejor que lo hagan. Ya somos abuelos y si no pueden comprender lo nuestro se merecen una paliza.

Esa tarde, Jack llamó a Julie, y Amanda a Louise y Jan, e invitaron a todos a casa de Amanda. Ésta iba a preparar una cena y después, con una copa de champán, les darían la noticia. A partir de entonces, al menos podrían dejar de esconderse e ir a donde les apeteciera. Querían que todos supieran lo felices y enamorados que estaban. Hasta aquel momento no habían hablado de boda, y Amanda sabía que Jack no era partidario del matrimonio. Su primera esposa lo había escarmentado para siempre.

Fijaron la fecha de la cena para la semana siguiente, que, milagrosamente, les iba bien a todos. Jack dijo que llevaría el champán, y Amanda que se ocuparía de la comida. Todo el acontecimiento era muy emocionante y conmovedor, y esa tarde ella no pudo evitar pensar en Matt y en lo que había cambiado su vida. Lo había amado profundamente durante muchos años, pero había muerto. Ella, en cambio, seguía allí y su vida continuaba. Y, aunque costara creerlo, estaba enamorada de Jack Watson.

Había trabajado infatigablemente toda la semana para organizar la cena y cuando llegó el día era un manojo de nervios. Pero cuando apareció Jack con el champán, la mesa estaba puesta, la comida casi lista y ella guapísima.

—Lamento decirlo, pero no pareces la madre de nadie, y mucho menos de unos hijos de la edad de los nuestros.

—Gracias —sonrió Amanda y lo besó. Al hacerlo, percibió que Jack la deseaba, pues miró el reloj y después a ella—. No tenemos tiempo, monstruo —le dijo meneando la cabeza.

—Bueno, si a partir de ahora vuelves a abrirles la puerta desnuda no tendrás que explicar nada. Míralo así.

—Más tarde —le prometió mientras volvía a besarlo.

El solo hecho de tocarla lo excitaba.

Julie y Louise, con sus respectivos maridos, llegaron puntuales; Jan y Paul, un poco más tarde. Todos estaban muy elegantes y comentaron lo bonita que estaba la casa. Amanda había puesto flores por todas partes para dar una atmósfera de celebración. Pero tanto Jan como Louise parecían muy sorprendidas de ver a Jack allí, que salió de la cocina, abrió una botella de champán, saludó a todos con amabilidad y le dio un beso a Jan y a su hija. Julie, por entonces, ya se lo imaginaba. Se había preguntado toda la semana por qué la habían invitado a cenar a casa de Amanda. Y no le costó deducir cuál era la noticia. Lo único que le intrigaba era si iban a casarse, pero decidió esperar el desarrollo de los acontecimientos.

Jan estuvo muy fría con él, y Louise, directamente maleducada, no le hizo ningún caso. Todo el mundo, salvo Julie, parecía preocupado. Ésta siempre había tenido una actitud de vivir y dejar vivir que le granjeaba el cariño de todos. Tenía un matrimonio feliz, unos hijos fantásticos y siempre había querido a su padre a pesar de su comportamiento escandaloso. Paul, en cambio, era mucho más crítico con él; su hermana sospechaba que por celos. Paul era más dulce, más temeroso, y, aunque guapo, no había heredado la impresionante apostura del padre. Cuando se instalaron en la sala, parecía enfadado mientras intercambiaba miradas suspicaces con Jan.

La conversación durante la cena fue tensa, aunque la comida era excelente y se notaba que Amanda se había esforzado mucho. Jack hizo todo lo posible por ayudarla, habló con todo el mundo y trató de que todos conversaran, pero era más difícil que arrastrar un piano de cola. A los postres, descorchó otra botella de champán, miró alrededor y dijo que Amanda y él tenían algo que decirles.

—Dios mío, no puedo creerlo —dijo Louise.

—¿Por qué no esperas a que lo digamos? —repuso Jack con amabilidad mientras ella lo fulminaba con la mirada.

Siempre le había caído mal, y a Amanda también; le hubiera gustado recordárselo en aquel momento.

—Vuestra madre y yo —dijo mirando a Jan y Louise—, Amanda y yo —añadió mirando a sus hijos—, hace un tiempo que estamos juntos. Disfrutamos de nuestra mutua compañía y somos muy felices. Eso es todo, nada más, pero pensábamos que debíais saberlo. —Sonrió a la mujer que lo había hecho tan feliz durante los últimos dos meses y medio—. Estábamos seguros de que vosotros también os alegraríais.

—Pues no —replicó Louise ásperamente. Amanda parecía abatida y perpleja—. Esto es ridículo. ¿Nos habéis invitado para decirnos que os acostáis juntos y debemos felicitaros? Qué desagradable.

—Lo mismo que tu actitud, Louise —dijo Amanda con firmeza—. Decir algo así es una grosería terrible. —Le dirigió una mirada de disculpa a Jack y volvió a mirar a su hija.

—Y hacer algo así es una grosería terrible —replicó Louise abiertamente furiosa—. Traernos aquí, a la casa de mi padre, para decirnos que tenéis una aventura. Dios mío, ¿no tienes decencia, mamá? ¿Ya te has olvidado de papá?

—¿Que ya me he olvidado de papá? —dijo Amanda mirando a su hija—. He amado mucho a tu padre, y lo sabes, pero ha muerto, Louise. Fue un golpe terrible para todas, y para mí más que para nadie. El año pasado, por momentos llegué a pensar que no lo superaría, hasta quería matarme porque no podía vivir sin él. Pero tengo derecho a rehacer mi vida, y Jack se ha portado maravillosamente conmigo. —Estiró el brazo, le tocó la mano y lo miró. Parecía enfadado y preocupado–. Es un hombre bueno y decente, y me hace muy feliz, Louise.

–¿Por qué no nos hablas de tu vida sexual, mamá? ¿Cuándo ha empezado todo esto? ¿Antes de la muerte de papá? ¿Ya tenías una aventura con él? ¿Es así?

–¡Louise! ¡Cómo te atreves a decir algo semejante! Sabes que no es verdad. Empecé a ver a Jack cuando Jan me llevó a la fiesta de la tienda.

–Dios mío... No puedo creerlo... –Jan miró a su madre y se echó a llorar, mientras Paul le dirigía miradas furiosas a su padre.

Jerry, el marido de Louise, tenía la vista clavada en el plato y deseaba desaparecer de la escena. Aquél no era su problema.

–¿Por qué no nos calmamos un poco y nos comportamos como adultos? –Era Julie, la voz de la razón. Amanda la miró con gratitud, pese a que casi no la conocía.

–Creo que es una buena idea –terció Jack en un breve silencio mientras todo el mundo medía sus fuerzas–. Vamos a tomar un poco de champán. –Sirvió una copa a todos y la sala se sumió en un silencio tenso–. Por ti, querida –brindó levantando la copa–, gracias por esta cena deliciosa.

Amanda tenía los ojos llenos de lágrimas. Nadie tocó las copas.

–¿Y cuándo os casáis? –Louise los miraba alterada.

–No nos vamos a casar –respondió Jack por lo dos–. No hay razón para hacerlo. No tenemos tu edad y no pensamos tener hijos. Podemos estar muy bien juntos sin necesidad de legalizarlo. –Julie sonrió; lo conocía bien y sabía cuánto detestaba la idea de casarse–. Nadie perderá dinero con este trato, si es eso lo que os preocupa. –Amanda se dio cuenta de que estaba muy irritado–. Nadie va a perder nada, sino a ganar dos padres felices. Os queremos y deseamos compartir nuestra felicidad con vosotros. Queremos que os alegréis por nosotros, no nos parece que sea mucho pedir. –Estaba indignado por la reacción colectiva.

–¿Cómo puedes hacernos esto, mamá? –preguntó Jan con el rostro anegado en lágrimas–. ¡Si lo odiabas! –dijo echándole una mirada fiera a Jack.

Éste rió y le cogió la mano a Amanda.

–No estoy de acuerdo, Jan. Y nos preocupa mucho tu felicidad y la de Paul. Hablamos de vosotros todo el tiempo... por eso era tan importante contároslo.

–¡Sois repelentes y dignos de lástima! –exclamó Louise mientras se ponía de pie–. Por favor, cualquiera pensaría que a vuestra edad la gente no está tan desesperada por ligar. Hace apenas un año que ha muerto mi padre, pero parece que la vieja braguitas calientes no podía esperar para salir de marcha.

–¡Louise! –Amanda también se puso de pie furiosa–. ¿Recuerdas lo deprimida que estaba y lo preocupadas que estabais por mí?

–Sí, y no nos pasó por la cabeza que harías esto en cuanto te recuperaras –dijo con sorna mientras le echaba una mirada elocuente a su marido. Éste se puso en pie–. En fin, ha sido una velada encantadora y espero que los tortolitos sean muy felices.

Dicho esto, se encaminó raudamente hacia la

puerta, cogió la chaqueta y cerró de un portazo. Jan se echó a llorar sobre el hombro de su marido.

—Jan, por favor —dijo Amanda acongojada. Había sido una noche terrible para todos, pero sobre todo para ella y para Jack.

—Mamá, ¿cómo has podido hacer algo así? ¿Por qué nos lo cuentas? ¿No sabes que será una vergüenza terrible para nosotros? No queremos saber nada.

—¿Por qué no? —preguntó Jack—. ¿Por qué tu madre no puede contarte lo que le pasa? ¿No queréis verla feliz?

Parecía tan sensato que Jan lo miró y dejó de llorar.

—¿Y por qué no puede ser feliz sola? ¿Por qué no puede limitarse a recordar a mi padre?

—Porque es una mujer joven, llena de vida y guapa. ¿Por qué tiene que estar sola? ¿Es eso lo que harías tú si le pasara algo a Paul?

—Es diferente.

—¿Por qué? ¿Porque eres más joven que nosotros? Hasta la gente de nuestra edad tiene derecho a no estar sola, a la compañía, la felicidad, el amor...

—Esto no es amor —dijo Paul enfadado—. Te conocemos muy bien, papá.

—A lo mejor no tanto como crees, hijo.

—Yo me alegro por ti, papá —dijo Julie en voz baja y rodeó la mesa para besarlo, primero a él y después a Amanda.

Los ojos de ésta se llenaron de lágrimas. Julie había sido la única con una reacción positiva. Los demás, en cambio, habían estado horribles.

—Lamento que todo esto haya sido tan difícil

para vosotros –musitó Amanda mientras se secaba los ojos con la servilleta. Sentía que iba a echarse a llorar de un momento a otro, pero aunque no quería darles esa satisfacción, le costaba muchísimo contenerse–. No era nuestra intención molestaros, y contarlo nos pareció lo más honesto. No queríamos mentiros.

Amanda miró a Jan y ésta, instantáneamente, se dio cuenta de que Paul, el día de Año Nuevo, había tenido razón al hacer aquel comentario escandaloso. Se trataba nada menos que de su padre. Jan cerró los ojos horrorizada.

–Esperamos que con el tiempo os acostumbréis –dijo Jack.

Paul susurró algo a Jan. Los dos se levantaron y se pusieron los abrigos.

–Nos vamos –dijo Jan como una niña enfadada desde el vano de la puerta. Tenía la misma cara que a los cinco años cuando estaba a punto de coger un berrinche.

–Te quiero –le dijo Amanda con tristeza desde la mesa, demasiado abatida para tratar de detenerla.

La puerta se cerró suavemente mientras Julie y su marido se levantaban y ella se acercaba a su padre. Era una buena chica, idéntica a él.

–Lo siento, papá. Se han portado fatal.

–Es verdad. –Jack miró a Amanda con expresión preocupada.

Sospechaba que a las hijas no les iba a resultar fácil aceptar la relación, pero ninguno de los dos esperaba semejante ataque.

–Terminarán por comprenderlo. Creo que la reacción en parte se debe al susto de ver que hay alguien que, en cierto modo, puede reemplazar a su padre –dijo Julie–. Cuesta creer que los padres se diviertan y... tengan vida sexual –sonrió y se ruborizó–. Se supone que sois instituciones, no personas.

Su padre sonrió orgulloso de ella. Era una joven fantástica; los demás también, pero no tenían la generosidad de espíritu de ella.

–Ha sido un golpe demasiado fuerte para ellas. Tenías razón –le dijo a Amanda–, no deberíamos habérselo dicho.

–Me alegro de haberlo hecho –replicó ella; lo que sorprendió a Jack. Se puso de pie y se acercó a él, que estaba junto a Julie y su marido–. Hicimos lo correcto. Si ellos no pueden aceptarlo, no es nuestro problema. Tenemos derecho a ser algo más que padres en la vida. Lo que me duele es que nunca había sabido que tenía unas hijas tan egoístas. Pero no voy a renunciar a mi vida por ellas. No las voy a abandonar ni a dejar de quererlas, pero si no pueden estar a mi lado, ellas se lo pierden.

Julie la abrazó y la barbilla de Amanda empezó a temblar. Al cabo de unos minutos, el joven matrimonio se marchó.

Jack cogió a Amanda entre sus brazos y ésta sollozó sobre su hombro. Él sintió una pena terrible por ella; la velada había sido una gran desilusión.

–Lo siento, querida. Nuestros hijos son una panda de malcriados –dijo con una sonrisa, pero en realidad estaba furioso de que la hubieran lastimado.

–Los tuyos están bien... Bueno, al menos Julie. Las mías se portaron espantosamente.

–Quieren a su papi y creen que no tienes derecho a compartir tu vida con nadie más. Es bastante sencillo. No me lo he tomado como algo personal. Lo comprendo. Pero me molesta mucho lo que te han hecho a ti. Supongo que lo superarán.

–Quizá.

No parecía muy convencida, pero no se arrepentía de lo que había hecho. Incluso se sentía más cerca de Jack.

Esa noche, después de ordenar el comedor y poner los platos en el lavavajillas, se fueron a la casa de Malibú. Amanda no quería quedarse en el lugar donde sus hijas habían sido tan desagradables con ella. Quería estar en casa de Jack, en esa cama grande y cómoda, junto a él, y olvidarse de todo lo ocurrido.

Cuando se fueron a la cama y él la estrechó entre sus brazos, Amanda aún parecía triste. Se quedaron hablando durante un buen rato. Ojalá hubiese podido hacerla sentir mejor.

–Dales tiempo, querida. Supongo que, incluso a su edad, es un gran cambio.

–Ellas son felices, ¿por qué no puedo serlo yo también?

–Porque eres su madre. ¿No has oído a Julie? Los padres, y sobre todo los de nuestra edad, se supone que no hacen el amor. Dios lo prohíbe. Creen que es algo asqueroso.

–Deberían saber que... es mucho mejor que a su edad.

–Shhh... ¡Guardemos el secreto! –le dijo mientras la besaba con dulzura.

Al cabo de un momento, Amanda sintió que la

excitación y el deseo de Jack eran tan fuertes como los suyos propios. Hicieron el amor con avidez, y luego Jack oyó una risa suave en la oscuridad.

—¿De qué te ríes? —Estaba encantado de que se sintiera mejor.

—El día de Año Nuevo, cuando Jan me vio desnuda por la mañana en el umbral y no la dejé entrar, seguro que tuvo un ataque de nervios. Yo parecía una tonta.

—No, para nada, estabas hermosísima... yo no usaría la palabra tonta para describirte.

Pero ese día se había portado como una tonta y los dos lo sabían.

—Deberíamos dar a nuestros hijos en adopción —dijo adormilada mientras se daba la vuelta hacia él y lo besaba.

—¡Buena idea! Haremos una cena para decírselo.

—Sí... perfecto... tú te ocupas del... champán.

Pero ya estaba casi dormida entre sus brazos. Jack la miró con una dulce sonrisa. Era toda una mujer, y no renunciaría a ella por nada del mundo. Por muy enfadadas que estuvieran las hijas, pensaba seguir a su lado el resto de su vida.

8

El resto de febrero pasó en un abrir y cerrar de ojos, y en marzo las hijas seguían alejadas de Amanda. De vez en cuando Jack y ella hablaban del tema, pero, aunque él sabía que era algo que le preocupaba mucho, no podían hacer nada, salvo esperar que se acostumbraran a la idea. Jan casi no la llamaba y Louise se mostraba abiertamente hostil cada vez que Amanda iba a visitar a los niños. En su caso, la reacción era especialmente difícil de entender puesto que nunca se había llevado bien con su padre.

Pero Amanda y Jack estaban tan ocupados que la mayor parte del tiempo no pensaban en el asunto. Sin embargo, era indudable que la reacción de sus hijas la afectaba. Amanda tenía problemas de estómago constantes. Jack seguía insistiéndole en que fuera a ver al médico.

—Hace tiempo que no estás bien y deberías ir al médico. A lo mejor tienes un principio de úlcera.

—Podría ser.

Hacía semanas que no podía tomar café y, desde aquella desgraciada noche con los hijos, estaba muy cansada. Sin embargo, también sabía que era una cuestión emocional. Le había afectado mucho verlos tan enfadados, y desde entonces de vez en cuando soñaba con Matthew. En los sueños, éste siempre la acusaba de algo; cualquier psicólogo le habría dicho que se sentía culpable, aunque no tanto como para cambiar sus sentimientos. Estaba más enamorada que nunca de Jack y la relación había florecido.

En marzo la invitó a la entrega de los Oscar. Ese año habían adelantado la ceremonia. Sus clientes más importantes siempre lo invitaban. Hacía años que Amanda no presenciaba una entrega de premios, concretamente desde que ella misma había ganado uno, y tenía muchas ganas de ir con él. Jack le llevó un vestido de Julie's, un modelo fabuloso de satén blanco de Jean-Louis Scherrer, con bordados negros en los hombros y una cola corta de elegante caída.

Cuando llegó la noche y pasó a buscarla, se quedó perplejo al verla. Era toda una reina, la gran estrella que había sido, como si con él hubiera recuperado y acrecentado todo su esplendor. Durante los últimos meses, su legendario *glamour* se había recubierto de una pátina de felicidad.

–¡Vaya! –exclamó con admiración.

La primera vez que había visto el vestido no parecía ni la mitad de bonito, pero lucido por ella era exquisito y realzaba cada milímetro de su figura. Llevaba el cabello rubio recogido hacia arriba con unos rizos suaves que caían hacia los lados, pendientes y un brazalete de diamantes. Estaba espléndida.

–¡Eres una aparición! –exclamó con un silbido.

Tenía la piel tan tersa como el satén–. Los fotógrafos se van a volver locos.

–Lo dudo –replicó Amanda con modestia mientras lo cogía del brazo para dirigirse a la limusina que los esperaba. Jack le llevaba el abrigo corto de visón blanco.

Cuando bajaron del coche en la puerta del Auditorio Shrine, el público la ovacionó. La reconocieron inmediatamente, gritaron su nombre y, tal como él había previsto, los rodeó una nube de fotógrafos. Jack sintió que la mano de su acompañante temblaba ligeramente y le sonrió. El marido la había tenido alejada de todo aquello durante más de veinte años y ahora, de repente, había vuelto pero ya no estaba acostumbrada. Su gracia y su amable elegancia la hacían aún más atractiva.

–¿Estás bien? –preguntó Jack. Parecía un poco nerviosa.

Amanda lo miró y le sonrió.

Se abrieron paso a través de la prensa y el gentío del vestíbulo, y luego, lentamente, hasta sus butacas en la platea, entre las estrellas que todo el mundo adoraba y ansiaba ver. Algunos los saludaron con la mano, y Jack dedicó una amplia sonrisa a sus clientes. Parecía orgulloso y tranquilo, completamente feliz.

Al cabo de un instante empezó la ceremonia que, como siempre, duró muchísimo. Las cámaras de televisión los enfocaban con insistencia y cuando terminó la entrega de premios pareció como si hubiese pasado un año entero. El Oscar al mejor actor se lo llevó una cara nueva, y a la mejor actriz una vieja favorita que levantó el trofeo con una exclamación de júbilo mientras el público se ponía de pie y la aplaudía.

—¡Al fin! —exclamó con una sonrisa. Había tardado cuarenta años en ganarlo.

Amanda no pudo evitar recordar cómo se había sentido hacía casi treinta años en una noche como ésa. Era una de las cosas más emocionantes que le habían sucedido. Pero parecía muy lejana, y a pesar de que aún era un buen recuerdo ya no le parecía tan importante.

—¿Cómo te sentiste cuando te dieron el Oscar? —le preguntó Jack con una sonrisa, mientras se marchaban del auditorio en medio de una multitud que casi no avanzaba. Era peor que el metro de Nueva York.

—Fue increíble —dijo ella devolviéndole la sonrisa—. Creía que iba a desmayarme de emoción. Jamás pensé que llegaría a ser candidata, por no hablar de ganarlo. Tenía veintidós años... fue impresionante. —Era agradable poder admitir cuánto había significado para ella; a su marido no le gustaba que hablara del Oscar.

Durante los siguientes diez minutos, apenas avanzaron tres metros. La gente no paraba de acercarse a saludarlos, hablar y comentar los premios mientras todos esperaban para salir de la sala. La prensa lo complicaba todo, paraba a los coches que se iban y entrevistaba a los invitados en medio de la muchedumbre, de modo que creaba atolladeros por los que era imposible pasar.

—¿Crees que podremos irnos esta noche? —preguntó Jack Nicholson mientras pasaba apretujado al lado de ellos.

Amanda sacudió la cabeza con una sonrisa. No lo conocía personalmente, pero lo admiraba mucho.

—¿Lo conoces? —preguntó Jack.

—No, pero me gustan sus películas.

—Alguna vez deberíamos alquilar las tuyas —propuso. Nunca se le había ocurrido porque ella hablaba muy poco de su carrera. Matthew le había enseñado a no hacerlo.

—¡Qué deprimente! No se me ocurre nada peor que ver el aspecto que tenía hace treinta años y después tener que mirarme en el espejo. Además, no era muy buena actriz.

Jack sacudió la cabeza, asombrado por su modestia. Avanzaron unos pasos y quedaron atrapados entre la gente. El calor y la aglomeración eran opresivos. Amanda sentía como si fuera a derretirse, y no podía ni imaginar cómo se sentiría Jack con esmoquin. Pero a pesar de la incomodidad, la gente estaba de buen humor y todo el mundo reía, hablaba y hacía señas a los amigos a los que no podía acercarse. Pero justo en el momento en que Jack vio a una de sus mejores clientas a unos cinco metros de distancia, Amanda empezó a marearse. Notó que Jack decía algo y señalaba la salida, y de pronto le empezaron a zumbar los oídos y a latir las sienes. Jack no se había dado cuenta, pero cuando ella se agarró de su manga, él bajó la vista y se asustó al ver lo pálida que se había puesto en cuestión de minutos.

—No me siento muy bien —murmuró—, hace tanto calor aquí dentro... Lo siento...

—¿Quieres sentarte?

No podía culparla. A él también empezaba a

dolerle la cabeza y las luces de las cámaras que los enfocaban no ayudaban a que el ambiente fuera menos agobiante. Por otra parte, era imposible volver a los asientos. Estaban atrapados en el pasillo. Jack volvió a mirarla. De repente, más que pálida, estaba de color ceniza y parpadeaba como si tuviera problemas de visión. La cogió con firmeza del brazo y trató de sacarla del pasillo, pero era imposible.

—Jack... —dijo con un hilo de voz.

Levantó la mirada, le temblaron los párpados y se le quedaron los ojos en blanco. A continuación se desmayó. Jack se las arregló para cogerla cuando empezaba a desplomarse en medio de la gente. Una mujer suspiró asustada al ver la escena. Jack la levantó en brazos al tiempo que alguien empezaba a gritar. La gente trataba de hacerles sitio y todo el mundo preguntaba qué había pasado. Jack estaba desesperado.

—¡Un poco de aire, por favor...! ¡Aléjense!

—¡Llamen al servicio médico! —gritó un hombre a su lado mientras Amanda seguía inerte en brazos de Jack con la cabeza apoyada contra su pecho.

En aquel momento, como por arte de magia, aparecieron dos acomodadores con sales y hielo preguntando qué había pasado. Amanda empezó a moverse y abrió los ojos. No tenía idea de qué le había pasado.

—Te has desmayado, querida... Es el calor... tranquila...

La marea humana se separó como el mar Rojo y abrió un sendero para que pudieran llegar a una fila de butacas, donde Jack la depositó con suavidad sobre un asiento. Al cabo de unos instantes llegó el equipo médico y se ocupó de Amanda mientras Jack les explicaba que se había desmayado.

–¿Cómo se siente ahora? –preguntó uno de ellos.

–Increíblemente tonta –respondió Amanda con una débil sonrisa de disculpa a Jack–. Lo siento.

La cabeza aún le daba vueltas y se le notaba. No parecía capaz de ponerse de pie y salir andando del teatro, pero quería intentarlo.

–Traeremos una silla de ruedas –dijo uno de los acomodadores, pero Amanda lo miró horrorizada.

–No; estoy bien... de veras... Saldremos cuando no haya tanta gente.

Pero los acomodadores se ofrecieron a hacerla salir por la puerta trasera y Jack aceptó. Los enfermeros le dijeron que si se sentía mejor podía irse, pero que no dejara de ir a ver un médico al día siguiente, sugerencia que Jack secundó con cara de inquietud. Hacía un mes que se lo decía, pero ella no le hacía caso.

La cogió por la cintura y, escoltados por los acomodadores, la llevó casi en andas hasta la salida. Al cabo de un momento, con el aire fresco, Amanda empezó a sentirse mejor. Respiró hondo, agradeció a todos y se disculpó por las molestias causadas. Estaba agradecida de que no los hubiera visto la prensa. Jack la dejó un momento con los acomodadores para ir a buscar la limusina. Cinco minutos más tarde, el vehículo se alejaba del lugar y Amanda se apoyó contra el respaldo con cara de agotamiento.

—Lo siento –dijo por enésima vez–. No sé qué me ha pasado.

—Por eso tienes que ir al médico.

—Creo que fue el calor y la aglomeración. De pronto no podía respirar –explicó mientras tomaba un sorbo de agua. Jack le había servido un vaso del bar de la limusina–. La gente siempre se desmaya en la entrega de los Oscar. Lamento que este año me haya tocado a mí.

—Pues no vuelvas a hacerlo. –Se inclinó sobre ella y la besó. A pesar de la palidez, seguía hermosa, pero él estaba muy preocupado–. Me has asustado muchísimo. Lo bueno de que estuviera tan lleno, es que uno no se cae cuando se desmaya. Al menos no te has golpeado la cabeza ni nada.

—Gracias, Jack. –La había atendido con tanto cariño.

Al llegar a la casa, Amanda se quitó el vestido y él la metió en la cama. Parecía una adolescente con aquel elegante peinado y los pendientes de diamante puestos.

—No puedo creer lo que he hecho –dijo con una risita de niña.

—Ha sido terrible –la reprendió mientras se aflojaba la corbata y le sonreía–. ¿Necesitas algo? ¿Agua? ¿Té?

Amanda levantó las cejas y le sonrió. Estaba famélica.

—¿Tienes helado?

—¿Un helado? Seguro que ya te sientes mejor. Voy a ver. ¿De qué sabor lo quieres?

—Humm.... café.

—Eso está hecho.

Al cabo de dos minutos había vuelto con un bol para ella y otro para él. Se sentó en la cama a su lado y empezaron a tomar el helado.

—A lo mejor sólo tenías hambre –dijo animado, pero en realidad no lo creía.

Últimamente estaba muy pálida, a pesar de que él trataba de no verlo. Durante unos días había tenido un aspecto estupendo, pero después había vuelto a parecer cansada. No obstante, Jack sabía que seguía muy alterada por lo de las hijas y ellas no colaboraban en absoluto. Se negaban a aceptar, y ni hablar de aprobar, su relación con él.

Pero Jack ya había decidido ocuparse personalmente del asunto al día siguiente.

En cuanto se levantaron, le pidió el número de su médico y lo llamó. Le explicó a la enfermera lo ocurrido la noche anterior y le pidió hora para Amanda Kingston.

—¿Y usted es el señor...? –preguntó la enfermera. Era nueva y no conocía a Amanda.

—El señor Watson –respondió mientras anotaba la hora de la visita.

—¿El marido de la señora Kingston?

—No... soy un amigo. La acompañaré.

—De acuerdo, señor Watson. Los esperamos a las once.

La consulta era en Beverly Hills. Después de llevarle una taza de té a Amanda y decirle lo de la visita, decidió dar un paseo solo por la playa. Ella parecía bastante contenta de quedarse esa mañana en la cama y, por lo que él sospechaba, no se sentía tan bien como trataba de aparentar. Pero no le hizo preguntas. Probablemente el médico despejaría las dudas.

Mientras caminaba por la playa, su mente era un torbellino, y echó a correr como si tratara de escapar del pánico que le producía lo que temía. Todo era posible... podía tener un tumor cerebral... cáncer de médula... algo que se hubiera desarrollado hasta producir metástasis sin que se hubieran dado cuenta. No hacía más que imaginarse lo peor, y cuando al fin paró de correr y se sentó, se dio cuenta de que estaba llorando. La historia se repetía: encontraba a la única mujer de la que podía enamorarse y le sucedía algo terrible. Jack tenía miedo de que se muriera. Todo iba a ser igual que con Dori, pensó mientras sollozaba, la perdería. La sola idea le resultaba insoportable. Apoyó la cara sobre las rodillas y se quedó allí, llorando como un niño. Ni siquiera podía pedirle a Amanda que lo consolara. No quería asustarla, pero sobre todo no quería perderla.

Estuvo fuera casi una hora, y cuando volvió se la encontró vestida, esperándolo. Aunque tenía mejor aspecto, Jack seguía preocupado. Había llegado a un punto en que sólo lo tranquilizaría un diagnóstico médico que confirmara que no tenía nada maligno. Estaba sencillamente desesperado, pero se cuidó de ocultarlo y de hablar con fingido buen humor mientras se ponía la chaqueta y miraba el reloj. Era mejor salir cuanto antes, por si había tráfico.

–¿Estás lista? –preguntó nervioso.

No sabía por qué, pero se sentía como si fuera a la guillotina, como si su vida jamás volvería a ser la misma, como si nunca regresaría a su casa de buen humor. Se estaba preparando para recibir la peor noticia porque la amaba.

–Querido –le dijo Amanda con dulzura–, estoy bien, te lo prometo. Seguramente nos dirán que tengo una úlcera. Tuve una cuando las niñas eran pequeñas, pero en esta época es muy fácil de tratar. Unas pastillas y desaparece como por arte de magia.

–Tendrías que haber ido al médico hace semanas –le reprochó mientras se dirigían al Ferrari.

–Estuve ocupada –se justificó ella mientras se sentaba a su lado.

Le gustaba ir en coche con Jack, pero esa mañana, las maniobras bruscas y las curvas pronunciadas le daban náuseas. Sin embargo, no se atrevió a decírselo porque sabía que se habría puesto aún más frenético.

La consulta del médico quedaba en un edificio de la calle North Bedford. La sala de espera estaba llena; al parecer iban a tardar mucho en entrar. Jack empezó a hojear revistas y Amanda se sentó a esperar pacientemente. De vez en cuando él la miraba y se asustaba por su palidez y aspecto de malestar. Sabía que no le dolía nada, se lo había preguntado; sencillamente no se encontraba bien. Ella ya no podía seguir vendiéndole la historia de la gripe que se le había contagiado de los hijos de Louise; había pasado un mes. Tenía que ser algo más grave.

Por fin una enfermera la llamó desde el pasillo. Jack la animó con una sonrisa mientras ella se ponía en pie y lo miraba; también estaba nerviosa. Aunque los dos trataban de disimularlo, no convencían a nadie.

Amanda también debió admitir que cuando al fin se sentó en la consulta del médico, se sintió aliviada. Era una cara amable y conocida, hacía veinte años que la atendía. También había sido el médico de Matt. Le preguntó si se sentía muy sola. Le dio vergüenza hablarle de Jack, aunque estaba ahí al lado, en la sala de espera, así que se limitó a asentir con la cabeza y empezó a hablarle de sus síntomas. Le explicó lo de la gripe del mes anterior, los mareos ocasionales y la imposibilidad de tomar café o comer chocolate, que para ella eran claros indicios de una úlcera.

El médico le preguntó si últimamente había ido al ginecólogo a hacerse una mamografía y una citología. Amanda dijo que no, que tenía previsto hacerlo justo cuando Matt había muerto repentinamente y que se había olvidado del asunto.

–Tendrías que ir. Sabes que a tu edad debes hacerlo una vez por año.

Amanda le prometió que iría cuanto antes. Luego el doctor le preguntó si tenía síntomas de menopausia, y ella le respondió que últimamente creía tenerlos.

Él asintió. No era de extrañar a los cincuenta y un años.

–¿Calores?

–No, todavía no. Pero estoy muy cansada y tengo irregularidades con la regla.

Muchas amigas suyas se quejaban de estar cansadas todo el tiempo, aunque a ella hasta entonces no le había pasado. Pero últimamente estaba siempre agotada. Al principio pensó que se debía a su nueva vida amorosa, pero desde hacía unas semanas ya no estaba tan segura. Apenas podía caminar.

Le hizo muchas otras preguntas y al fin coincidió con ella. Probablemente era el comienzo de la menopausia o una úlcera.

–Te mandaré al hospital para que te hagan una ecografía –le explicó–. Después, si hace falta, siempre podemos hacer unas pruebas gastrointestinales, pero no nos precipitemos. Y quiero que vayas al ginecólogo mañana mismo. Puede recetarte algunas hormonas que te quitarán ese cansancio. Hablaré con él.

Amanda asintió mientras el médico le daba una receta y le explicaba adónde dirigirse en el hospital Cedars Sinai. Añadió que si el radiólogo estaba allí, le dirían si tenía una úlcera ese mismo día.

–¿De acuerdo? –le sonrió mientras se ponía de pie.

La acompañó hasta la puerta de la consulta. Al entrar en la sala de espera, vio que Jack tenía una expresión ceñuda que cambió por una amplia sonrisa en cuanto la vio. Parecía un niño que hubiera perdido a su madre y que de pronto volvía a encontrarla. Había estado en la consulta casi una hora.

–¿Qué te ha dicho?

–Más o menos lo que pensaba. Algunos cambios en mi cuerpo... y quizá una úlcera. Ahora tengo que ir al hospital a hacerme una ecografía. ¿Quieres que te deje en la tienda de camino? No quiero que pierdas todo el día con esto. Ya has perdido bastante tiempo.

–Te acompaño –dijo Jack, aliviado de que no fuera nada grave, al menos de momento.

–¿El doctor cree que hay algún motivo de preocupación? –preguntó Jack mientras subían al coche.

Amanda sacudió la cabeza, pero parecía un poco triste.

–Cree que a lo mejor necesito tomar hormonas, lo que ya es bastante deprimente. Me siento como una vieja.

–Cariño, por favor... pero si eres una niña.

Siempre le levantaba el ánimo. Amanda le sonrió tímidamente mientras se sentaba en el asiento del pasajero y el Ferrari arrancaba hacia el Cedars Sinai.

En el hospital tuvieron que esperar muchísimo, pero al fin la llamaron, y esta vez Jack decidió entrar con ella. No le gustaban los hospitales y no quería que le hicieran nada sin su supervisión. La técnica ya les había explicado que era una prueba muy suave. Le pondrían una crema en el abdomen y le pasarían un transductor por encima para ver en el monitor si había algún bulto, quiste o una posible úlcera. Parecía sencillo, pero Jack quería quedarse con ella.

Amanda se desvistió en el cubículo y salió con una bata blanca y zapatos. Se sentía bastante absurda y Jack le sonrió mientras ella se tumbaba en la camilla. Le dieron un taburete detrás de ella, desde donde también podía ver el monitor, aunque para él era como el mapa isobárico de Atlanta. Le pusieron la crema y la técnica empezó a deslizar el transductor, que parecía un micrófono, por el estómago de Amanda con una ligera presión. Ésta sólo sentía frío y todo el asunto parecía bastante aburrido. Pero de pronto vieron que la mujer fruncía el entrecejo y se concentraba en una parte del bajo vientre. Amanda sintió que la presión del transductor aumentaba un poco. La técnica les dijo que enseguida volvía y salió a buscar a alguien para que mirara con ella. Volvió con un joven residente que se presentó y a continuación miró la ecografía con interés.

–¿Hay algo malo? –preguntó Amanda con una tranquilidad que en realidad no sentía. Empezaba a asustarse.

Era evidente que acababan de ver algo preocupante.

–En absoluto –respondió el residente–. Sólo queremos asegurarnos de lo que vemos. A veces cuatro ojos ven más que dos, pero creo que aquí tenemos una imagen bastante clara. ¿Cuándo fue su última regla, señora Kingston?

–Hace dos meses –dijo ella con voz entrecortada. Seguro que tenía algo en los ovarios... o en el útero... No era la menopausia sino un cáncer... No se atrevió a mirar a Jack.

–Parece que todo coincide –asintió el médico. Acercó la imagen con un *zoom*, apretó un botón y apareció un asterisco blanco sobre algo que latía–. Aquí está –señaló el asterisco con el dedo y sonrió–. ¿Lo ven? –Amanda asintió y Jack miró a ciegas. Evidentemente se trataba de la raíz del problema–. ¿Saben qué es, señor y señora Kingston?

Sin duda el médico pensaba que eran un matrimonio. ¿Qué otra cosa iba a ser una pareja de esa edad?

–¿Un tumor? –preguntó ella con voz ronca mientras Jack cerraba los ojos aterrado.

–No. Es un bebé. Diría que está embarazada de casi dos meses. Si espera un minuto, le sacaré por ordenador la fecha del parto.

–¿La qué? –Amanda se incorporó de un brinco y se sacó el transductor del estómago–. ¿Que estoy qué? –Se volvió hacia Jack, justo a tiempo de ver cómo se caía del taburete. Se había desmayado–. ¡Dios mío! ¡Ayúdenlo!

Amanda se agachó sobre él y se quedó con el trasero al aire por la bata abierta. Jack se movió, gimió y se tocó la cabeza. El residente apretó un botón y enseguida entraron un par de enfermeras. Jack ya había vuelto en sí y Amanda, arrodillada a su lado, vio el chichón que se había hecho.

–Dios mío... ¿Estás bien?

El residente le dijo a las enfermeras que se retiraran, y mientras Jack se incorporaba lentamente la técnica fue a buscar un poco de hielo.

–Estoy bien. Sólo intentaba suicidarme, eso es todo. ¿Por qué me lo has impedido?

–Bueno, supongo que es una sorpresa para los dos –sonrió el residente con amabilidad–. A veces sucede, especialmente con los embarazos tardíos.

–¿Tardío? –repitió Amanda–. Pensaba que la función se había acabado.

–¿Creía que era la menopausia? –preguntó el médico.

Amanda asintió mientras ayudaba a Jack a tumbarse en la camilla y le ponía el hielo que acababa de traer la técnica.

–¿Cree que tiene una contusión? –preguntó preocupada.

El médico examinó los ojos de Jack y le aseguró que estaba perfectamente.

–Tienes suerte de que no haya tenido un infarto –le dijo a Amanda–. ¿Cómo ha podido suceder?

–Pero los dos lo sabían. Habían dejado los preservativos en enero, después de que a Jack le dieran el resultado de la prueba del sida. Ella estaba segura de que no se quedaría embarazada. Jamás hubiera pensado que podía pasarle algo así–. No puedo creerlo –volvió a gemir mientras cerraba los ojos. Tenía un dolor de cabeza insoportable.

–Yo tampoco –musitó Amanda mirando fijamente la imagen congelada en el monitor, la imagen de su bebé, y la fecha, 3 de octubre, que había aparecido debajo.

–Ésa es la fecha en que alumbrará –les dijo el residente con una sonrisa, y Jack sintió un impulso de matarlo–. Le mandaremos un informe a su médico. ¡Felicidades!

Dicho esto, salió de la habitación, mientras la técnica les tendía la ecografía que acababa de salir de la máquina.

–Es la primera foto del bebé –les dijo con una sonrisa y empezó a preparar la máquina para otro paciente.

Necesitaban la habitación. Jack se levantó despacio y miró a Amanda.

–No puedo creerlo –repitió con voz ronca.

Estaba peor que ella. Amanda de pronto se sentía mucho mejor de saber que al menos no tenía cáncer ni una úlcera, sino sólo un bebé.

–Yo tampoco me lo creo. –Lo miró avergonzada–. Voy a vestirme.

Volvió al cabo de un minuto. Salieron despacio de la habitación con la bolsa de hielo en la mano. El paciente parecía él. Ninguno de los dos pronunció palabra hasta llegar al coche. Jack se quedó mirándola, de pie al lado de la puerta, mientras toda su vida le pasaba por la mente. No era la primera vez que le sucedía, pero nunca de esa manera, como por generación espontánea y con una mujer que le importara tanto. A los treinta años cualquiera sabía que podía tener problemas si se arriesgaba. ¿Pero a los cincuenta y uno? Dios mío.

–No puedo creer que esté embarazada.

Jack vio que llevaba la ecografía en la mano.

–Tira eso. Me asusta.

Esa pequeña cosa que palpitaba era el corazón del bebé, y el médico había dicho que era un feto sano. Pero Amanda apretó con más fuerza la ecografía y lo observó mientras se sentaba en el coche.

–¿Quieres ir a hablar a alguna parte? ¿O prefieres que te deje en casa para que lo asimiles?

Sabía que sería un gran paso que ella tendría que dar, y lo sentía. Era una lástima. Pero quizá el mal trago terminaría por unirlos más, o al menos eso esperaba. Además, pensaba estar a su lado.

–¿Tienes que ir a la oficina?

–Sí, pero si quieres que hablemos llamaré a Gladdie. Sería mejor que telefonearas a tu médico.

Puso en marcha el coche y llamó a su secretaria desde el teléfono móvil.

–No sé qué decir –musitó Amanda. Era algo asombroso y aterrador. Ni siquiera podía pensar en todas las consecuencias.

–Ha sido por mi culpa –dijo Jack con tristeza–. Debí tener más cuidado, pero estaba tan contento de quitarme de encima esos malditos preservativos después de tantos años... Supongo que me dejé llevar. Fui un estúpido.

—Nunca pensé que pudiera pasarme algo así —comentó ella. Aún seguía impresionada.

—Sí, un embarazo adolescente a los cincuenta años —sonrió Jack mientras se inclinaba para besarla—. Te quiero. Me alegro de que estés bien y de que no sea algo peor. —Se sentía aliviado pero apenado por ella—. Al menos esto tiene solución —le dijo como consuelo mientras paraban en un semáforo.

Ella lo miró confundida.

—¿A qué te refieres? —preguntó con un tenso hilo de voz.

—Bueno, supongo que no seguirás adelante con el embarazo. A nuestra edad es ridículo. Además, ninguno de los dos quiere tener más hijos. ¿Qué haríamos con un bebé?

—Lo mismo que los demás.

—Pero suelen tener veinte años menos y están casados. —Al mirarle la cara, paró el coche—. ¿Me estás diciendo que quieres tenerlo? —Amanda no respondió, pero la expresión de sus ojos lo aterró—. ¿Estás loca? Tengo sesenta años y tú cincuenta y uno. No estamos casados y tus hijas ya me odian. ¿Cómo crees que se tomarán esta grata noticia?

No podía creerlo. Ni por un momento se le había ocurrido que ella quisiera tenerlo.

—Es nuestra vida, no la de ellas... y la del bebé, Jack. Me estás pidiendo que mate a un ser humano —repuso con una mirada llena de dolor.

—¡Tonterías! —Le levantaba la voz por primera vez desde que la conocía—. Sólo te pido que seas razonable, por el amor de Dios, Amanda. No puedes proponerte tener ese hijo.

—No voy a matarlo.

Aún no lo había pensado, pero de pronto comprendió claramente, sin asomo de duda, que no quería abortar.

—No es un bebé. Es una gota, una mancha en una pantalla y una amenaza a nuestra cordura, a nuestra vida en común. ¿No lo comprendes? ¡No podemos tenerlo! —le gritó, y ella lo miró sin responder—. Muy bien, yo no puedo ni quiero. ¡No puedes obligarme! Ya he pasado por esto y no voy a permitir que me obliguen a tener un hijo a mi edad. Tienes que abortar.

—No tengo que hacer nada que no quiera, Jack. Y no soy ninguna niñata que trata de obligarte o engañarte para que te cases conmigo. Yo tampoco quería este embarazo. Pero no voy a dejar que me obligues a hacer algo en contra de mis creencias sólo porque eres un cobarde que no se atreve a asumir los hechos. Estoy embarazada y es nuestro hijo.

—Y estás loca. Deben ser las hormonas. Ay, Dios mío, no puedo creerlo —dijo mientras ponía primera y enfilaba hacia Bel Air, a casa de Amanda—. Mira —continuó, volviéndose hacia ella mientras aceleraba por Rodeo—, haz lo que quieras, pero no pienso tener ningún hijo. Para mí se acabaron los biberones nocturnos, los dolores de oídos y las fiestas de fin de curso. No pienso ponerme en ridículo en la ceremonia de final de carrera de mi hijo cuando ya tenga noventa años.

—Sólo tendrás ochenta. Ochenta y dos, para ser exactos. Y además, eres un cobarde… —Y se echó a llorar.

Jack trató de dominarse y razonar con ella.

—Escucha, cariño... sé cómo te sientes. Debe de ser un golpe terrible para ti. Primero pensábamos que tenías alguna enfermedad grave y ahora resulta que estás embarazada. Estás confundida. Un aborto es algo terrible. Lo sé y lo comprendo, pero piensa en lo que significaría un hijo en tu vida, por no hablar de la mía. ¿De veras quieres pasar otra vez por todo eso? ¿Llevarlo al cole en coche a los sesenta?

—Tú parece que no tienes problemas para conducir a esa edad. Si me esfuerzo, estoy segura de que puedo arreglarme para no perder el carnet durante los próximos nueve años. Con respecto a la otra pregunta, la respuesta es no, no lo habría elegido. No soy estúpida, pero no fue mi decisión ni la tuya, sino la de Dios. Nos ha dado esta increíble ofrenda. No tenemos derecho a desembarazarnos de él... —Se echó a llorar de nuevo mientras lo miraba y trataba de llegar a él, pero al ver que era inútil bajó la cabeza y continuó llorando—. Jack, no puedo hacerlo.

—Nunca me dijiste que fueras religiosa —dijo él.

Se sentía traicionado y enfadado, y al mismo tiempo la compadecía. Pero Amanda no tenía derecho a hacerle eso. Dori jamás se lo habría hecho.

—Estoy convencida —dijo ella con una vocecilla clara mientras se detenían delante de su casa.

—Yo también, Amanda, y nada de lo que digas me hará cambiar. No voy a participar en esto y no quiero saber nada del asunto. Si decides abortar estaré a tu lado, te apoyaré y lloraré contigo. Te amaré para siempre. Pero no voy a dejar que me obligues a tener un hijo a mi edad. —Y lo decía en serio.

—Hay hombres de tu edad que tienen hijos todo el tiempo. Especialmente aquí, en Los Ángeles. La mitad de los padres que veo en la consulta del ginecólogo con sus esposas de treinta años son mayores que tú.

—Entonces están seniles. Amanda, esto lo tengo muy claro: si tienes ese niño me largo.

—Adiós, pues —replicó ella con una mirada de odio—. Haz lo que quieras con tu vida, pero no con la mía. Se trata de mi cuerpo y de mi hijo. Y tú no eres mi dueño, así que vete al cuerno, Jack Watson. Vuelve a tus estúpidas muchachitas, y espero que les hagas un hijo a todas. Te lo mereces.

—Gracias por tu comprensión —repuso mientras ella salía del coche y cerraba de un portazo tan fuerte que vibró toda la carrocería.

Amanda corrió hasta la puerta de la casa sin volverse, abrió y entró.

Al cabo de un instante, oyó el rugido del Ferrari alejándose. Se sentó en el vestíbulo y rompió a sollozar. Lo había perdido. Había perdido todo... pero no iba a rendirse. No tenía alternativa: tendría el niño. Pero ¿qué demonios le diría a sus hijas?

9

Los siguientes tres días fueron una pesadilla para los dos. Jack hasta le gritó a Gladdie por primera vez en años. Ella no sabía lo que le pasaba, pero fuera lo que fuese parecía serio. Y el hecho de que Amanda no llamara no le pasó por alto. Jack ni siquiera atendía a Julie y Paul cuando lo llamaban. No hablaba con nadie.

Y Amanda se encerró en su casa y empezó a comportarse como si volviera a estar de duelo. Louise pasó a verla con los niños pero ella no los dejó entrar. Les dijo que tenía migrañas y cerró la puerta. Tenía un aspecto espantoso.

—¿Qué le pasa a mamá?

Louise telefoneó a Jan para ver si sabía algo, pero lo único que ésta sabía era que su suegro tampoco atendía a Paul.

—A lo mejor esos obsesos sexuales al fin se han peleado. Dios quiera que sea verdad. ¡Aleluya!

—Por favor, Lou —la riñó Jan.

—¿Qué, ahora estás de su parte? —se sorprendió su hermana mayor.

—No, pero son adultos y papá ha muerto.

Mientras sean discretos, quizá tengan derecho a hacer lo que quieran.

—No me digas eso. Qué asco —replicó Louise.

—¿Qué ha pasado con lo que dijiste después de la muerte de papá, que mamá tenía derecho a tener su propia vida y todo eso? A lo mejor somos nosotras las que no tenemos derecho a interferir ni a censurarla. ¿Con qué derecho la juzgamos?

—Idioteces, Jan. Es tu madre y se porta como una guarra. Tiene una aventura.

—Es una mujer libre, tiene más de cincuenta años y derecho a hacer lo que quiera. Empiezo a pensar que nos portamos como unas imbéciles cuando nos lo contó.

—Pues yo no. Y espero que Jack la haya dejado.

—A lo mejor lo dejó ella.

—Da igual.

A finales de la semana, Amanda seguía sin hablar con nadie y nadie la había visto. Las hijas estaban preocupadas. En realidad, se limitaba a pasearse por la casa llorando. Las emociones, la impresión de perder a Jack, las hormonas... todo la alteraba. Se sentía como si su vida hubiera acabado, y al mismo tiempo la abrumaba la perspectiva de una vida nueva. Pero ya no podía imaginarse sin Jack. No había vuelto a saber de él desde la última vez.

Jack, por su parte, le gritaba a todos los empleados con los que se cruzaba y trabajaba todos los días hasta medianoche. Cuando se iba a casa, se sentaba en el sofá con la mirada perdida y trataba de no pensar en Amanda ni en cómo lo había traicionado. Aún no podía creérselo. ¿Cómo le había hecho algo así? No era culpa de ella haberse quedado embarazada, al menos no completamente, pero el hecho de que no quisiera abortar era la máxima traición. Pero de pronto, mientras pensaba en lo enfadado que estaba con ella, recordaba algo que Amanda había dicho o hecho... o su cara cuando hacían el amor, o cuando se despertaba, y la echaba tanto de menos que creía morirse de pena. Pero estaba decidido a no llamarla.

Sólo pensaba en Amanda, sólo soñaba con ella. Se estaba volviendo loco.

El domingo por la mañana salió a caminar por la playa de Malibú. Nadó un rato, después corrió y por último se sentó en la arena y se quedó mirando el mar y pensando en ella. No aguantaba más. Tenía que llamarla.

Luchó consigo mismo casi toda la tarde y a eso de las ocho la llamó. Ni siquiera sabía qué decirle, sólo quería volver a oír su voz, pero no pensaba ir a verla. Ahora no tenía sentido. No quería que ella lo arrastrara a esa locura que estaba cometiendo.

Pero atendió el contestador automático. Amanda ni siquiera se enteró de la llamada hasta la mañana siguiente. Últimamente casi ni se molestaba en escuchar los mensajes. Al principio de la separación, iba a ver la máquina a cada rato, pero al llegar el fin de semana ya se había dado por vencida. Ahora, ocho días después, al fin la llamaba. Casi no se lo podía creer. Empezaba a pensar que Jack había desaparecido de su vida para siempre. Escuchó el mensaje; Jack parecía tenso e incómodo. Decía que sólo quería saber si estaba bien y cómo se sentía. Nada más.

Amanda volvió a la cama. Lo único que quería

era dormir; estaba agotada, como en sus embarazos anteriores, pero esta vez era peor, se sentía más cansada aún. No sabía muy bien si por la edad o porque Jack la había dejado. Pero fuera lo que fuese, dormía doce horas por día.

No le devolvió la llamada, y el martes Jack se preguntó si habría recibido el mensaje. Tal vez no le funcionaba el contestador. Volvió a llamarla desde la oficina, entre una reunión y otra, y le dijo más o menos lo mismo que la primera vez. Amanda lo oyó esa noche y se preguntó para qué la llamaba. ¿Por qué se molestaba? Él había dejado bien clara su postura, y ella no quería volver a verlo ni a hablar con él. Lloró al escuchar el mensaje y volvió a la cama con un bol de helado. Era lo único que comía.

Las únicas llamadas que devolvía eran las de sus hijas. No quería que pasaran a verla, así que pensaba que era mejor llamarlas. Les dijo que tenía un virus muy fuerte, que estaba tomando antibióticos y que las iría a ver cuando estuviera mejor. Ninguna de las dos la creyó.

—Está mintiendo —le dijo Louise a Jan el martes, cuando la llamó—. No parece mal de salud. Creo que tiene una crisis nerviosa.

—¿Por qué no la dejamos tranquila? —sugirió Jan.

Pero esa noche, al decirle a Paul que creía que la relación había acabado, él opinó lo mismo. Su padre se estaba comportando como un poseso.

—Esta tarde lo he visto por casualidad. Parecía no haberse peinado en una semana y a punto de matar a alguien. Creo que ella lo ha dejado.

—A lo mejor la dejó él —dijo Jan con tristeza,

mientras se preguntaba si habría sido por culpa de ellos. Se sentía mal; su madre no se merecía lo que le habían hecho. Pero ya no podían hacer nada.

Cuando vino la mujer de la limpieza, se encontró a Amanda mirando la televisión. Se había vuelto adicta a los culebrones y a los *reality shows* en los que aparecían mujeres que lloraban porque el marido se acostaba con la vecina, con el perro de al lado o con un par de cuñadas. Y ella sollozaba delante del televisor mientras comía helado.

–Voy a engordar –anunció una tarde al televisor mientras se comía el segundo bol de helado–. ¿Y qué? –se respondió.

Se pondría muy gorda y ninguna persona decente volvería a hablar con ella. Y Jack Watson era un cabrón que seguramente estaría acostándose otra vez con cualquier actriz de segunda.

Pero Jack, en cambio, seguía gritándole a Gladdie y haciéndole la vida imposible a todos. Ya habían pasado casi dos semanas.

–¿Podría hacerme un favor? –le dijo Gladdie el viernes por la tarde, después de dos semanas de locura–. Al menos hable con ella. A lo mejor entre los dos arreglan algo. De lo contrario, nos volverá locos a todos. Toda la oficina está a punto de empezar a tomar Prozac gracias a usted. Llámela.

–¿Y qué le hace pensar que no hablo con ella? –dijo avergonzado mientras se preguntaba cómo hacía Gladdie para saber todo. ¿Era una especie de adivina?

–¿Se ha mirado en el espejo últimamente, Jack? Se afeita dos veces por semana y Dios sabe cuándo se ha peinado por última vez. Hace tres días que

lleva el mismo traje. Empieza a parecer un vaga-
bundo. Créame, no es muy buena presencia para el
negocio.

–Lo siento. He estado muy alterado –dijo con
angustia.

Era casi peor que lo que le había pasado tras la
muerte de Dori, porque Amanda estaba allí, a un
paso, y él todavía la quería. Eso era lo más terrible.
Sin embargo, se había portado como un monstruo
y ella no le había devuelto ninguna de las cuatro
llamadas.

–Además, no quiere hablar conmigo –añadió
con tristeza.

Gladdie le dio una palmada maternal en el
hombro.

–Créame, seguro que quiere. Probablemente
esté peor que usted. Pero ¿qué le ha hecho? –Se
imaginó que sería culpa de él.

–Es mejor que no lo sepa –dijo avergonzado.

–Sí, tiene razón –admitió Gladdie–. ¿Por qué
no va a verla?

–No me dejará entrar y con razón. Me alejé de
ella cuando más me necesitaba... y la amenacé,
Glad, me porté como un cabrón.

–Seguramente lo sigue queriendo a pesar de
todo. Las mujeres somos así, muy tolerantes con
los cabrones. Y algunas hasta se enamoran de ellos.
Vaya a verla.

–No puedo.

Parecía un niño, y Gladdie lo miró exasperada.

–Yo lo llevo en coche, pero hágalo.

–De acuerdo. Iré mañana.

–Ahora –insistió Gladdie mientras cerraba la

agenda–. Hoy ya no tiene más visitas y aquí nadie lo aguanta. Háganos ese favor a todos. Vaya a verla, si no voy a iniciar un motín.

–Es usted una pesada –sonrió Jack mientras se ponía de pie. Ya parecía de mejor humor–. Pero me cae bien. Gracias –le dijo con cariño–. Si me cierra la puerta en las narices o no me deja entrar, volveré dentro de diez minutos.

–Rezaré para que no suceda.

Jack se precipitó hacia la puerta, ansioso por llegar, verla, decirle lo que había estado pensando, suplicarle que lo recibiera. Llegó con el Ferrari en menos de cinco minutos. Y tocó el timbre durante siglos, pero Amanda no abrió. No estaba seguro de que estuviera en casa. La puerta del garaje estaba cerrada, así que no se veía el coche. Jack rodeó la casa y empezó a golpear la ventana de su cuarto.

Y Amanda, tumbada en la cama mirando un culebrón, lo oyó.

Al principio creyó que era un pájaro o un gato, pero después se asustó. Pensó que era un ladrón. Iba a llamar a la policía, pero decidió acercarse a la ventana del lavabo y espiar por las cortinas. Fue de puntillas hasta la habitación contigua con el mando de la alarma en la mano, y entonces lo vio. Tenía un aspecto terrible y seguía golpeando la ventana.

Ella asomó la cabeza.

–¿Qué estás haciendo? –Tenía tan mal aspecto como él. Hacía días que no se peinaba, se limitaba a recogerse el pelo con una goma, y no se maquillaba desde la última vez que lo había visto–. ¡Basta! –le gritó–. Vas a romper el cristal.

—Entonces déjame entrar —pidió Jack con una sonrisa.

Qué agradable era verla, pero Amanda meneó la cabeza. Parecía muy triste, aunque tenía la cara un poco más rellenita. En realidad le quedaba muy bien.

—No quiero verte —respondió ella y cerró la ventana bruscamente, pero Jack se acercó y se miraron a través del cristal.

Amanda se sorprendió de cómo seguía queriéndolo y de lo contenta que estaba de verlo. Pero se odiaba por ello.

—¡Vete! —murmuró mientras le hacía señas con la mano, pero Jack apretó la cara contra el cristal y empezó a hacer muecas. Ella, a su pesar, rió.

—¡Por favor, ábreme! —rogó él.

Amanda se quedó pensando y, al cabo de un momento, desapareció. Jack no sabía lo que iba a hacer. Pero un minuto más tarde reapareció por la puerta de la cocina, descalza y en camisón. Jack se quedó boquiabierto al verla.

—¿A qué hora te acuestas ahora? —Eran las cuatro de la tarde. Aunque con él no lo usaba mucho, recordó ese camisón.

—Me fui a la cama hace dos semanas y sigo allí comiendo helado y mirando culebrones. Voy a volverme gorda y asquerosa y no me importa en absoluto. ¿Para qué has venido? —le preguntó mientras Jack entraba en la cocina.

Amanda lo miró. Tenía algo tan vulnerable en la mirada que le llegó al alma. Jack se preguntó otra vez cómo había podido ser tan estúpido de dejarla. La veía tan destrozada que sintió que se le rompía el corazón.

–Porque te quiero y soy un idiota... y Gladdie me obligó. –Sonrió avergonzado mientras lo decía–. Dice que nadie me aguanta. Últimamente he estado bastante desagradable. ¿Por qué no has contestado a mis llamadas?

Ella se encogió de hombros y abrió la nevera.

–¿Quieres un poco de helado? Sólo me queda de vainilla. –El helado se estaba convirtiendo en una obsesión.

Jack se acordó de la vez que habían comido helado juntos en la cama. El que más le gustaba era el de café.

–¡Qué horror! ¿Has comido alguna otra cosa durante las últimas dos semanas? –exclamó preocupado. Amanda sacudió la cabeza mientras servía dos tazas de helado de vainilla–. No es bueno para el niño.

–¿Y a ti qué te importa? –le soltó mirándolo a los ojos–. Teniendo en cuenta que querías que lo matara, es un poco hipócrita de tu parte, ¿no crees?

Le tendió la taza de helado y se sentaron a la mesa de la cocina.

–No quería que «lo mataras». Sólo trataba de proteger mi salud mental y tu vida... a expensas tuyas... es verdad –concluyó con tristeza–. Soy un cabrón. Lo siento, Amanda. –Apartó el helado–. Estaba asustado, no me lo esperaba.

Era el eufemismo de siempre y Amanda sonrió.

–Yo tampoco. –De golpe había perdido un hombre y ganado un hijo, y no quería ni se esperaba ninguna de las dos cosas–. Lo siento.

Jack alargó la mano por encima de la mesa y le cogió la suya.

–No es culpa tuya... bueno, no del todo. ¿Cómo te sientes?

Sabía que no era una trampa que ella le hubiera tendido y que ninguno de los dos había imaginado que pudiera quedarse embarazada. Sencillamente no habían tenido en cuenta la posibilidad.

–Gorda –rió–. He engordado tres kilos a base de helado.

–No se te notan. –Pero tenía cierta tersura en el rostro, un brillo diferente en la mirada que le recordaban a su ex mujer durante el embarazo de los niños. Todo en ella resplandecía–. Estás preciosa.

–Debe de ser el peinado –sonrió con tristeza.

Amanda, al verlo sentado delante de ella, se acordó de lo mucho que lo echaba de menos. Todavía no sabía para qué había ido a verla y supuso que era para que no se separaran con rencor. Al menos era una forma más agradable de hacerlo. Y algún día, quizá, a pesar de sí mismo, iría a ver al niño.

–Supongo que no quieres salir a cenar conmigo... ¿Qué tal a Häagen-Dazs o a los 31 Sabores? –preguntó con timidez.

–¿Por qué? ¿Para qué?

–Porque te echo de menos. Hace dos semanas que estoy enloquecido. Me sorprende que Gladdie no se haya largado.

–Yo tampoco he estado muy bien que digamos. No hago más que dormir todo el día y comer helado. Y llorar con los programas diurnos de televisión.

–Ojalá hubiera estado contigo, quería verte.

–Yo también –dijo ella en voz baja y apartó la mirada. Era demasiado doloroso.

Jack se levantó y se acercó.

–Te quiero, Amanda... Quiero volver contigo, si aún lo deseas. Prometo que no volveré a ser un cabrón. Haré lo que quieras. Puedes tener el niño. Le compraré zapatos. Te compraré helados. Pero no quiero perderte. –Tenía lágrimas en los ojos. Ella lo miró, incapaz de creer lo que oía.

–¿Lo dices en serio?

–¿Lo del helado? Te lo juro... sí, lo digo en serio. No pienso dejar que pases por todo esto sola. Creo que estás loca, pero te quiero, y también es mi hijo... que Dios me ayude. Lo único que pido es que no te rías de mí cuando meta el cochecito en medio del tráfico a causa del Alzheimer, sino que me busques una enfermera.

–Te buscaré lo que quieras –dijo mientras se ponía de pie y dejaba que Jack la abrazara–. Te quiero tanto... Pensaba que iba a morirme sin ti.

–Yo también –dijo estrechándola entre sus brazos–. Amanda... por favor, no quiero perderte.

En ese momento, con cara de preocupación, le preguntó si creía que debían casarse.

–No tienes por qué hacerlo –le respondió ella meneando la cabeza mientras se dirigían al dormitorio–. No lo espero ni te lo pido.

–No, pero quizá el niño sí. Deberíamos preguntárselo a él.

–A lo mejor es una niña.

–No hablemos de ello. Me pone nervioso. ¿Qué...? ¿Nos casamos?

Estaba dispuesto a hacer lo que hiciera falta por ella, pero Amanda lo sorprendió.

–No, mejor no. No hay ninguna ley que diga

que debamos casarnos. Veamos cómo van las cosas entre nosotros.

—¡Qué moderna, señora Kingston!

—No, pero te quiero.

Ya habían llegado a la habitación y Jack la abrazaba y la besaba. Había regresado, y ella no lo dejaría volver a marcharse. Casi sin darse cuenta, el camisón de ella y la ropa de él cayeron al suelo, se echaron sobre la cama e hicieron el amor en el sitio donde seguramente habían concebido el hijo. Ahora era la cama de los dos, la de ellos, no la de Matthew ni la de nadie. Y, mientras la abrazaba, él supo con absoluta certeza cuánto la amaba.

Esa noche, mientras yacían uno en brazos del otro, conversaron sobre lo que harían y cómo se lo dirían a la familia.

—Me muero de impaciencia —dijo Jack—. Si la última cena te pareció terrible, espera a ver ésta.

Amanda no pudo evitar reírse. Era lo único que se podía hacer. Luego se volvió hacia él y le preguntó con una sonrisa cuánto la quería.

—Más de lo que te imaginas, más que a mi vida. ¿Por qué? ¿En qué estás pensando?

—Me preguntaba si me querrías lo suficiente para ir a buscar un poco de helado.

Jack se apoyó en el codo, la miró y rió.

—Tendremos que trasladar la nevera a la habitación.

—¡Qué buena idea!

Rieron juntos, Jack volvió a besarla y pasó un buen rato antes de que volvieran a acordarse del helado.

10

Esta vez decidieron no engañarse y creer que los hijos iban a alegrarse por ellos. Y Amanda resolvió, mientras lo planeaba con Jack, que no organizaría ninguna cena. Los invitarían a tomar una copa, sería un encuentro breve e irían al grano. Probablemente un acontecimiento horrible en el que les comunicarían que estaba embarazada antes de que todos se les echaran encima. Pero al menos esta vez lo esperaban.

Todos llegaron a las seis y cuarto. Julie estaba muy cariñosa; Jan y Louise, tensas; y Paul más amable que lo habitual con su padre. Ya habían hablado entre ellos y estaban preparados. Creían que iban a anunciarles la boda. No les gustaba la idea, y Louise ya había dicho que iba a tratar de convencer a su madre de que no lo hiciera, pero por lo menos sabían qué esperar.

Se sentaron en la sala y Jack sirvió unas copas. Todos tomaron vino, menos él que se puso un whisky, Amanda que no tomó nada y Louise que pidió sólo agua. Esta última decidió coger el toro por los cuernos, mientras los demás aguardaban educadamente.

–Bueno, ¿para cuándo es la boda? –preguntó.

–No habrá boda –respondió Amanda tranquilamente–. No vamos a casarnos. Al menos de momento. Hemos decidido esperar. Pero queríamos
que supierais que estoy embarazada.

La habitación se sumió en un silencio absoluto. Louise palideció mirando a su madre.

–Es una broma, ¿no? ¿Por casualidad es el día
de los Inocentes y no me he dado cuenta?

–No es ninguna broma. Para nosotros también
fue una sorpresa. Pero ha sucedido y no queremos
ocultarlo. El niño nacerá en octubre.

Le dirigió una mirada a Jack, que le respondió
levantando el pulgar. Lo estaba haciendo muy bien.
Los demás tardaron unos cinco minutos en reac-
cionar.

–Supongo que no vas a abortar.

Louise, como siempre, era la portavoz de las
hermanas. Jan se había quedado muda de asombro.
Esta vez, hasta Julie guardó silencio. Paul, en cambio, fulminaba a su padre con la mirada.

–No, no voy a abortar. Ya lo hemos hablado
–dijo escamoteando ligeramente la verdad–. No
quiero. A mi edad, esto es un regalo que deseo con-
servar. Sé que será muy difícil para todos vosotros;
yo también me quedé helada cuando me enteré.
Pero así es, chicos... Soy humana.

Tenía lágrimas en los ojos. Jack cruzó la habitación, se sentó a su lado y la cogió del hombro.

–Creo que vuestra madre es muy valiente.
Muchas mujeres de su edad no lo harían.

–Creo que mi madre tiene un tornillo flojo
–dijo Louise poniéndose de pie al tiempo que hacía

una seña a su marido que la imitó dócilmente–. Estás loca, mamá. Creo que los dos estáis seniles.
Haríais cualquier cosa para avergonzarnos. No
quiero ni pensar en lo que diría papá de todo esto.
No puedo ni imaginarlo.

–En fin, Louise, pero él no está aquí para opi-
nar al respecto. Es mi vida –replicó Amanda con
tranquilidad.

–Y la nuestra, aunque no te importe...

Pero antes de que terminara la frase, Jan se había puesto de pie y miraba a su madre con odio y
sollozando.

–No puedo creer que hagas esto, madre. Como
yo no puedo tener hijos, tú le demuestras a todos
que aún puedes. Qué crueldad espantosa. ¿Cómo
has podido hacernos esto?

Por la cara que puso, era evidente que Paul estaba de acuerdo con su mujer. Las dos hijas de
Amanda con sus respectivos maridos se preparaban
para marcharse sin decir nada más. Jan, completamente alterada, se apoyó contra su esposo. Amanda
trató de acercarse a ella, pero Paul la detuvo.

–¿Por qué no nos dejáis tranquilos de una vez
por todas y, para variar, os guardáis todas esas
buenas noticias? ¿Qué queréis de nosotros? ¿Gue-
rra? ¿Felicitaciones? Pues iros al infierno. ¿Cómo
creéis que se siente Jan?

–Ya veo cómo se siente, Paul –dijo Amanda
con lágrimas en los ojos–. Lo último que quería era
lastimarla, pero es algo que nos ha pasado. Es nuestra vida, nuestro problema y nuestro hijo.

–Pues buena suerte. Y no nos invites al bautizo,
papá, porque no iremos. –Miró a Jack con rencor.

Cerró de un portazo al salir y Amanda se echó a llorar en brazos de Jack ante la mirada de Julie, que esta vez había permanecido callada. Cuando Amanda se calmó, les habló, aunque era evidente que aún estaba impresionada.

–Lo siento, papá. Lo lamento por los dos. Sé que no es fácil para vosotros, pero tampoco para nosotros. Es un golpe. Pero quién sabe... a lo mejor termina por ser una bendición. Eso espero.

–Yo también –dijo Jack en voz baja mirando a Amanda.

Amanda, con la decisión que había tomado, sin duda escogía un camino muy difícil, pero lo sabía. Tampoco había sido una sorpresa la reacción de los hijos, se la esperaban.

Julie se marchó con su marido en silencio, y ellos dos se quedaron sentados y se miraron sin decir palabra.

–Sabías que pasaría esto, ¿no?

–Sí –sollozó Amanda–, pero de alguna manera esperaba que no pasara. Una siempre cree que al final van a abrazarte, como hacían de pequeñas, y a decirte que es fantástico y que eres fabulosa. En cambio, no paran de juzgar y enfadarse, de creer que te equivocas y de pensar que todo lo que haces es sólo para herirlas. Es como si tu única función en la vida como madre fuera ser como ellas quieren que seas. Y cualquier cosa diferente, fuera de lo corriente o inoportuna las enfada. ¿Por qué motivo los hijos nunca son compasivos con los padres?

–Quizá no nos lo merecemos –respondió Jack. Parecía cansado–. Tal vez creen que somos egoístas. Y a veces lo somos, pero tenemos derecho. De pequeños les dimos todo lo que pudimos, y cuando al fin pensamos que nos ha llegado el turno, aparecen y nos dicen que no, que no es así. Para ellos nunca nos llega el turno. Creo que estás haciendo lo que tienes que hacer: vivir tu vida. Si no lo comprenden, allá ellos. Si no pueden hacerlo, no es problema nuestro. No podemos renunciar al resto de nuestra vida por los hijos. Lo único que me deprime es que estamos a punto de repetir otra vez todo el proceso. Voy a llegar al ocaso de mi vida con un pequeñajo majadero diciéndome que soy un cabrón y que he arruinado su vida porque continúo acostándome con su madre. Y créeme, seguiré haciéndolo. Pienso hacerte el amor hasta que me entierren, y quiero verte tomando la píldora hasta los ochenta años.

Amanda no pudo evitar reírse. Una buena parte de aquello era verdad. Los hijos siempre piensan que uno les debe todo y ellos no deben nada.

—Me siento tan mal por Jan —comentó con tristeza. Le habían causado mucho dolor las palabras de su hija.

—Yo también. Paul me miró como si quisiera matarme, como si lo hubiera hecho para demostrar mi virilidad y hacerlo quedar mal. Dios mío, haría cualquier cosa para que pudieran tener un hijo.

—Y yo.

Jack, para olvidarse de todo aquello, la llevó a cenar. Por el momento habían abandonado la comida tailandesa. Amanda no podía pensar en ella sin tener acidez.

Esa noche, tumbados en la cama, se quedaron

hablando un buen rato. Al final Jack se durmió, pero ella siguió despierta. Se levantó, se preparó leche caliente y una infusión de manzanilla. Pero la cabeza no paraba de darle vueltas. Pensaba en Jan y en lo que le había dicho. Durmió mal el resto de la noche y, a la mañana siguiente, miró a Jack con tristeza durante el desayuno.

–Tengo algo que decirte –anunció.

Jack levantó la vista y la miró; parecía cansada.

–¿Estás bien? –Siempre se preocupaba por ella, y ahora también por la criatura. Justamente lo que no quería.

–Estoy bien –lo tranquilizó, aunque no lo parecía. Tenía un aspecto espantoso–. Anoche tuve una idea.

–En tu estado eso puede ser muy peligroso. Seguramente quieres que compre Häagen-Dazs o los 31 Sabores.

–Hablo en serio.

–Yo también. Estoy comprando acciones de ambas empresas. Eres la mayor consumidora de helados al oeste de las Rocosas. –Ya había engordado siete kilos y apenas estaba de tres meses–. Muy bien, de acuerdo. Hablaré en serio. ¿De qué se trata?

Amanda se echó a sollozar antes de decirle nada, y Jack se dio cuenta de que era algo importante. Ella le habló de lo que Paul y Jan les habían dicho la noche anterior y de lo apenada que estaba.

–Querida, a mí también me dolió mucho. Pero no podemos hacer nada. Tienen que seguir intentándolo para ver qué pasa.

–Quizá no. De eso se trata mi idea. De todas

formas tú no querías el niño, Jack, y es posible que seamos demasiado mayores. Tal vez sea el mayor regalo que podamos hacerle. Quiero darles la criatura.

Jack se quedó perplejo.

—¿Lo dices en serio? ¿Quieres darles el niño?

Amanda asintió llorando. Jack la rodeó con sus brazos.

—Creo que no deberías hacerlo. Es tu hijo, nuestro hijo. Te resultará muy difícil darlo cuando lo tengas.

—No me importa. Quiero hacerlo por Jan y por Paul. ¿Me dejas?

—Puedes hacer lo que quieras. Es algo fuera de lo corriente y habrá muchas habladurías. Pero ¿a quién le importa? Si es lo que tú quieres y lo que quieren ellos, adelante.

—Primero quería preguntártelo.

Jack asintió.

—Creo que es el regalo más grande que puedes hacerles, y puesto que Paul se opone a la adopción, sin duda resuelve la cuestión genética. Sólo quiero que estés segura de que no te arrepentirás.

—Lo sé, y no me arrepentiré. Si no te opones, me gustaría hablar con ella esta misma mañana. ¿Llamarás tú a Paul?

—De acuerdo. Lo invitaré a comer, si es que quiere verme.

—Después de hablar con Jan le diré que lo llame y que le diga que es importante.

—Cariño, eres una mujer asombrosa, llena de sorpresas y extraños talentos.

Cuando se marchó a la tienda, aún seguía impresionado por Amanda. Ella, por su parte, no se molestó en llamar a su hija, sino que fue a verla directamente antes de que se marchara a la galería. Jan se sorprendió de verla pero, a pesar de todo, abrió la puerta y la invitó a pasar. Cuando Amanda le dijo lo que había pensado, las dos se echaron a llorar. Jan al principio no quiso saber nada, pero Amanda habló con ella y la convenció. Al cabo de un rato era lo que más deseaba en el mundo.

—¿De veras harías eso por mí, mamá?

—Por supuesto —respondió mientras se secaba los ojos y sonreía a su hija—. Es lo que más deseo.

—¿Y si cambias de idea? ¿O Jack?

—No cambiaremos de idea. Si te damos nuestra palabra, lo cumpliremos. Los dos queremos hacerlo. De todo corazón, y espero que nos dejes.

—Hablaré con Paul.

Jan parecía muy entusiasmada y se dirigió corriendo al teléfono. Se sorprendió al enterarse de que Jack ya había hablado con Paul, puesto que su marido ya tenía cierta idea del motivo por el cual su padre quería verlo. Jan le explicó el resto, y Paul, al oírlo, no pudo contener las lágrimas.

—No me lo puedo creer. ¿Por qué lo hacen? —murmuró.

—Porque nos quieren —respondió Jan, y se echó a llorar otra vez mientras su madre se acercaba—. Mamá dice que podemos estar allí cuando nazca el bebé y que será nuestro desde el primer minuto.

—¿Y si cambian de idea?

—No creo que lo hagan, Paul. Mi madre lo dice en serio.

—Ya hablaremos —respondió, temeroso de que su mujer abrigara falsas esperanzas.

Pero vio a su padre al mediodía, habló con Jan esa noche y a la mañana siguiente llamaron a sus respectivos padres y aceptaron su ofrecimiento. Estaban eufóricos. Amanda sabía que había hecho algo maravilloso, que valía la pena y que nunca se arrepentiría.

—No puedo creerlo —dijo Jack—. Sólo espero que más adelante no lo lamentes.

—No lo lamentaré. Estoy absolutamente segura. Por mucho que quiera a esa criatura cuando nazca, será de ellos. Y creo que tenías razón: a los sesenta seré demasiado vieja para llevarlo al cole.

—Estarás guapísima a cualquier edad. Y podrás ver al niño siempre que quieras. —Jack sabía que no sería fácil para ella, y se le ocurrió una idea—: ¿Por qué no nos vamos a alguna parte de vacaciones? Los dos solos. ¿Qué te parece París?

—¡Sí, me encanta!

Sus hijas se lo habían sugerido el verano anterior, pero en ese momento no tenía ánimos. Ahora, sin embargo, no podía pensar en nada mejor que en un viaje a París con Jack Watson.

Se marcharon en junio, cuando ella estaba de cinco meses y medio. Se alojaron en el Ritz y lo pasaron maravillosamente. Cenaban todas las noches fuera, iban de compras, al Louvre, al ballet, y caminaban por todo París. Amanda nunca se había sentido mejor. A pesar del helado, no había aumentado mucho de peso. Jack la encontraba guapísima. Todo lo que se decía acerca de que las mujeres embarazadas se ponían más bonitas, era perfectamente cierto en su caso. Lo único que le daba lástima era no poder comprarse los fabulosos vestidos que veía en los escaparates de las mejores tiendas.

–Volveremos en noviembre, te lo prometo.

A Jack le preocupaba que ella, para entonces, estuviera deprimida. Todavía pensaba que le costaría entregar el niño, aunque ella, desde el momento en que decidió dárselo a sus hijos, no había dudado ni una sola vez.

Se lo pasaron muy bien y, de regreso, pararon unos días en Londres.

En julio, Jack la llevó al lago Tahoe, pero en agosto el médico le dijo que no podía seguir viajando. Estaba embarazada de siete meses y medio y no era precisamente una madre joven. La criatura era grande y el doctor estaba preocupado de que se adelantara el parto.

–Mis otras hijas se atrasaron –le explicó Amanda. El obstetra rió.

–¿Pero qué edad tenía usted entonces?

–De acuerdo, me portaré bien. Se lo prometo.

Sabían que el bebé era sano y varón. Le habían hecho una amniocentesis antes de irse a Europa. Jan y Paul estaban muy entusiasmados pensando nombres. Louise, por su parte, seguía alejada y casi no hablaba con su madre.

–Se le pasará –la tranquilizó Jack.

Sólo quería verla feliz y hacía todo lo posible por distraerla. Pero Amanda no pensaba más que en el niño. Quería comprar ropita, ositos de peluche, cunas y montañas de pañales. Salía de compras casi todos los días, y él tenía que acompañarla.

–¿Qué va a pensar la gente? Parezco el abuelo de la criatura.

Jack se moría de vergüenza cada vez que Amanda lo hacía salir de compras y, si alguien se lo preguntaba, decía que era para el nieto.

–¿Eso qué significa? ¿Que soy tu hija?

–¿Y mi mujer? ¿Qué te parece? Lo podríamos arreglar.

Ya hacía ocho meses que estaban juntos, pero cada vez que Jack lo mencionaba, ella lo pasaba por alto. Por el momento no quería pensar en nada más que en el niño. Hasta obligaba a Jack a acompañarla al médico.

La primera vez que la acompañó estaba de lo más cohibido. Si por él hubiera sido, se habría escapado de allí con una careta. Pero en cambio se ocultó tras el periódico como si no la conociera.

–No pienso entrar –murmuró detrás del *Los Angeles Times*.

Para él, todos los de la sala de espera tenían catorce años como mucho. Parecía una colonia de madres solteras. Todas eran chicas bonitas de Beverly Hills, rubias y con minifalda, con cara de haberse dejado engañar por algún desconocido que les ofreció un caramelo.

–No seas ridículo. Lo único que hacen es escuchar el latido del corazón del niño. Es muy emocionante –le contestó Amanda en voz muy baja mientras Jack espiaba por una esquina del periódico.

Delante tenía a un chico en tejanos. Parecía un actor joven.

–Ya me lo contarás después. Te espero en el coche –dijo con decisión.

Pero Amanda pareció tan desolada cuando él intentó marcharse, que Jack volvió a sentarse con cara de vergüenza. El chico de los tejanos le preguntó si era su primer hijo.

—Tengo hijos mayores que tú —respondió.

El chico le explicó que tenía veintitrés años y que era su segundo hijo, pero que su padre y su madrastra habían tenido otro hijo el año anterior.

—Tiene sesenta y cinco años —explicó el muchacho con una amplia sonrisa.

—¿Y ha sobrevivido?

—Por supuesto. Tuvieron gemelos, *in vitro*. Hacía dos años que lo intentaban. Su mujer tiene cuarenta.

—Qué suerte —comentó con ironía.

Después, al entrar en el consultorio, le dijo a Amanda que la gente estaba loca.

—¿Para qué quiere un hijo un hombre de sesenta y cinco años? Y encima *in vitro*. Al menos nosotros nos lo pasamos bien mientras lo hacíamos.

—¿Quieres probar otra vez? —bromeó Amanda mientras él elevaba los ojos al cielo.

Pero cuando el médico le pasó el estetoscopio para que oyera él mismo los latidos del niño, se entusiasmó. De pronto era algo tan real que se le llenaron los ojos de lágrimas.

—¡Es mi nieto! —dijo para justificarse.

—¿El señor es su padre? —le preguntó el médico a Amanda un poco confundido—. Pensaba que era su marido.

—Mi marido murió el año pasado —explicó ella.

El médico asintió con una sonrisa benévola.

Evidentemente eran unos excéntricos, como mucha gente de Beverly Hills.

Pero lo importante era que el niño estaba bien, y Jack no paró de hablar de eso animadamente durante todo el camino a Julie's.

–La próxima vez tenemos que traer a Jan y Paul –dijo.

Amanda asintió, feliz de verlo tan contento. Tenía que visitar al médico casi todas las semanas, porque éste quería tenerla muy controlada. Le preocupaba que se adelantara el parto. Al menos para Jack, tenía una barriga enorme. No recordaba que su ex mujer se hubiera puesto así con sus dos hijos, pero como Amanda era muy delgada se le notaba más.

Pero la peor experiencia fueron las clases de parto natural que empezaron el 15 de agosto. Había unas doce parejas, sentadas en el suelo de una sala del hospital Cedars Sinai, casi todos en *shorts* y calcetines, algunos con barba. Jack venía de una reunión en la oficina, con corbata y un traje de Brioni, y todos lo miraron como un extraterrestre. Amanda lo estaba esperando y parecía de lo más relajada con *shorts*, una holgada camiseta rosa y sandalias. Acababan de hacerle la manicura y parecía una modelo. Los demás eran demasiado jóvenes para saber que había sido actriz. En la calle hacía un calor abrasador y Jack entró sudoroso y cansado.

–Lamento llegar tarde, querida. Pero no podía quitarme de encima a esos empresarios textiles de París, no paraban de hablar.

–Está bien –murmuró ella con una sonrisa–, acabamos de empezar.

En las paredes había dibujos que mostraban las

diferentes etapas de dilatación del cuello del útero. Jack los miró horrorizado.

–¿Qué es eso?

–El cuello del útero dilatado. No te preocupes.

–Es horrible.

El parto de sus otros hijos lo había pasado en el bar emborrachándose con un amigo. En aquellos tiempos los padres no tenían que hacer nada más exótico que llegar después del alumbramiento con flores.

Echó una mirada alrededor y se dio cuenta de que, como siempre, todos los demás eran de la edad de sus hijos. Pero para entonces ya estaba acostumbrado. Pero los dibujos, las fotos y las películas que proyectaron en mitad de la clase fueron algo completamente nuevo. Cada segundo que pasaba se sentía peor.

Lo único que le parecía remotamente soportable, aunque embarazoso, eran los ejercicios que tuvo que hacer con Amanda. Sostenerle las piernas y ayudarle a respirar. La mujer que daba la clase hablaba constantemente de los sufrimientos de algo llamado «transición».

–¿Qué es? –le preguntó a su supuesta «esposa» a la sexta vez que oyó la palabra, pero la instructora también lo escuchó.

–Es la parte más dolorosa del parto –le explicó con una sonrisa sádica–. Cuando se pasa de esto... –señaló un dibujo– a esto. Es como si uno se estirara el labio superior hasta la frente.

–¿No te da miedo? –le preguntó Jack a Amanda, esta vez en voz mucho más baja.

–No, para nada. Ya he pasado por eso.

–¿Y lo has hecho sin anestesia?

La instructora no paraba de hablar mal de la anestesia y de dejar claro que las mujeres «de verdad» no pedían ningún calmante.

–Por supuesto que no –le sonrió Amanda entre los jadeos de los ejercicios–. Por mí, que me den todo lo que tengan. Y si me lo dan en el aparcamiento, antes de entrar, mejor. No soy ninguna mártir.

–Me alegra oírlo. ¿Y a mí qué? ¿También me darán algún calmante?

Empezaba a sentir que lo necesitaría. Le molestaba la gente de la clase, la pinta que tenían, las cosas que decían y las preguntas estúpidas que hacían. Era increíble que esas mujeres se hubieran quedado preñadas. Pero, aparentemente, hasta los tontos podían hacerlo. Aunque lo que más le molestaba era la instructora.

Cuando anunció que la siguiente película era la filmación de una cesárea auténtica, Jack empezó a mirar nervioso la salida.

–¿No quieres tomar nada, querida? Aquí dentro hace mucho calor –preguntó como para disimular. En realidad el aire acondicionado estaba puesto y él estaba helado.

–Cierra los ojos. No se lo diré a nadie.

El propósito de la película era que si a alguna de ellas tenían que hacerle una cesárea, el marido estaría preparado y presente. Si habían visto la película y tenían el certificado del cursillo que lo demostrara, podían estar en el quirófano como observadores. Si no, debían quedarse fuera con los cobardicas. Pero Jack sabía que de ninguna manera se quedaría dentro, al menos sin anestesia general.

–Enseguida vuelvo –murmuró, demasiado alto otra vez.

–¿Adónde vas? –preguntó Amanda.

–Al lavabo.

–Lo esperamos, señor Kingston –dijo la instructora–. Supongo que no querrá perderse la película.

Jack le lanzó una mirada de resignación a su «esposa» y volvió enseguida.

La película casi acabó con él. En su juventud había estado en el ejército durante dos años, pero ninguna de las películas que le habían pasado durante la instrucción se podía comparar con ésa. Hasta la de la gonorrea era agradable al lado de esa pobre mujer a la que abrían en canal. La parturienta no paraba de llorar, parecía sentir un dolor terrible y había sangre por todas partes. Antes de que encendieran las luces, Jack le dijo a Amanda que tenía náuseas.

–Te dije que no miraras. –Le apretó la mano y se inclinó para besarlo.

–¡Señores Kingston! –los riñó una voz como salida del infierno–. Presten atención porque habrá un pequeño cuestionario sobre el tema.

–Joder. ¿Por qué no nos pasan ahora una operación de hemorroides?

–Shhh... –rió Amanda.

Jack no tenía remedio. No volvieron más a clase. De todas formas, ella no quería un parto natural. Lo había intentado con Louise y sabía que no podía.

Las últimas semanas del embarazo las pasó sin ningún problema. El primer fin de semana de septiembre ya llevaba ocho meses encinta y estaba aburridísima. Habían ido al cine, a un restaurante chino y dieron un paseo por la playa de Malibú, lo que ya no era tan fácil. Se sentía bien, pero andaba muy despacio y tenía una barriga enorme.

Estaban sentados en la terraza tomando té helado cuando llamó Paul. Quería saber cómo se encontraba Amanda y preguntó si podían pasar más tarde. Jack, al colgar, dijo que su hijo parecía un poco nervioso.

—¿Crees que pasa algo? –preguntó Amanda.

—No creo. A lo mejor empiezan a estar ansiosos por lo del niño.

—Yo también. Si esa criatura se hace más grande, creo que no cabré en el ascensor del Cedars Sinai.

—Los varones son así –dijo Jack con una sonrisa–. Paul también era un bebé muy grande. Su madre estuvo enfadada conmigo durante seis meses. Menudo carácter tenía, un encanto.

—Te dio unos hijos maravillosos –le recordó Amanda con generosidad.

—No seas tan buena –dijo él mirando al techo–. Créeme, era una arpía.

Paul y Jan pasaron a verlos a última hora de la tarde. Jack fue a preparar unas copas y ellos se sentaron en la terraza con Amanda a contemplar la puesta de sol. Había sido una tarde espléndida. Amanda hasta había pensado en darse un baño en el mar.

—¿Cómo está el niño? –preguntó Jan. Su madre

estaba tan gorda que daba miedo, pero aparentemente a ella no le importaba. Parecía muy tranquila.

—Perfectamente, cariño, está esperándote —le dijo Amanda con una sonrisa, mientras Jack regresaba con sangría para los jóvenes.

Notó que ambos bebían un buen trago antes de hablar y se preguntó qué se traían entre manos.

—¿Pasa algo? —se decidió Jack a romper el hielo.

El joven matrimonio negó con la cabeza al mismo tiempo, como adolescentes culpables, y se echaron a reír nerviosos mirando primero a la madre y después al padre.

—No, pero hay algo que queremos deciros —respondió Paul por los dos—. Mejor dicho, que debemos deciros. Tenéis que ser los primeros en saberlo.

—Mamá, estoy embarazada —anunció Jan con lágrimas en los ojos.

—¿De veras? Es magnífico, querida. ¿Cuándo ha sido?

—Hace un mes y medio, pero quería estar segura antes de decírtelo. El médico lo ha confirmado y dice que estoy bien. Esta semana me han hecho una ecografía y todo va perfecto. Hasta nos la han dado.

—Me acuerdo muy bien de eso —dijo Jack mientras se preguntaba qué más iban a decir, porque era evidente que no habían acabado.

Jan y Paul respiraron hondo y miraron a sus padres.

—Supongo que esto alterará vuestros planes, pero no sabemos... creemos que... no sabemos si deberíamos...

Jack lo dijo por ellos.

–No queréis nuestro bebé.

Amanda se quedó perpleja al ver que los dos sacudían la cabeza.

–No, a menos que vosotros no lo queráis –matizó Paul–. Si no lo queréis, entonces, claro... –Paul trataba de ser justo con ellos, pero ahora que iban a tener un hijo propio no querían el de su madre–. Lo sentimos mucho.

–Está bien, hijo –dijo Jack con tranquilidad–. Nunca se sabe, quizá es mejor así. Ahora me gustaría que os marcharais. –Miró a su nuera y la felicitó con un beso y un abrazo–. Quisiera hablar con tu madre.

–Lo comprendo. Todo esto debe ser muy duro para ti, papá –dijo Paul.

Hablaban como jóvenes inconscientes, pero Jack no los culpaba, y al mismo tiempo tampoco lo lamentaba.

–Está bien, hijo.

Se marcharon al cabo de diez minutos. Amanda se había quedado completamente pasmada. Todo esto le exigía un cambio radical de actitud. Había hecho todo lo posible para no sentirse demasiado apegada al niño y ahora, de repente, volvía a ser suyo. Debía replantearse la situación.

–Vaya, esto sí es todo un cambio. Estoy contenta por ellos. –Estudió a Jack esperando una reacción negativa. Pero no vio nada. Parecía tranquilo. Tal como estaban las cosas, tampoco tenía ninguna obligación–. Supongo que ahora volvemos al principio.

–Quizá –dijo sin comprometerse–. ¿Por qué no

lo dejamos reposar un par de días antes de hablarlo? –propuso.

A Amanda le pareció buena idea. Los dos necesitaban tiempo para digerir la noticia, aunque por lo general a ella le gustaba resolver los problemas enseguida. Pero esto era otra cosa; implicaba una decisión trascendental en la vida... aunque no necesariamente. El niño nacería al cabo de cuatro semanas y ya no había nada que decidir. Además, había comprado para su hija todo lo que la criatura iba a necesitar. Ahora lo único que debía hacer era tenerlo.

–Ven, vamos a la playa.

Amanda no dijo nada, pero no fueron muy lejos. Al cabo de muy poco rato estaban de regreso y ella entró en el cuarto de Jack. Caminó por esa habitación en la que había sido tan feliz. Habían pasado tan buenos momentos juntos y el amor había crecido de tantas formas diferentes en esos nueve meses.

–¿Quieres dormir un rato? –le preguntó Jack, que entró detrás de ella.

–Sí, estoy agotada.

El impacto emocional de que les hubieran devuelto al niño la había dejado eufórica en cierto modo, pero asustada y preocupada, y sobre todo inquieta por la reacción de Jack. Darles la criatura a sus hijos habría sido una solución perfecta para ellos.

–¿Vas a dejarme otra vez? –preguntó en voz baja, tratando de que no se le notara lo asustada que estaba, mientras miraban una puesta de sol perfecta por la ventana del cuarto.

–Por supuesto que no. Te quiero... y también quiero a nuestro pobre niño, al que todo el mundo patea de aquí para allá como si fuera una pelota.

–Desde aquí, creo que el que patea es él.

A Jack le gustaba sentir cómo pateaba y se movía. A veces, cuando ella dormía apoyada contra él, él sonreía al sentirlo. Comprendió lo preocupada que estaba Amanda. No se lo merecía. Se dio cuenta otra vez de que había sido un tonto desde el principio.

Jack se tumbó a su lado y la besó con suavidad.

–¿Qué probabilidades tengo de hacerte el amor a estas alturas del partido?

Hacía dos semanas que no lo hacían, y la última vez ya había sido bastante complicado. Amanda sonrió.

–El doctor dice que si queremos podemos hacerlo incluso camino del hospital.

–Sí, quiero. –Y lo decía en serio.

–Eres un hombre muy valiente.

Jack le bajó el traje de baño y le acarició el vientre con suavidad. Y en ese preciso instante el niño soltó una patada y los dos rieron.

–Creo que ha oído mi pregunta y no estoy muy seguro de que le guste.

Se quedaron así durante un rato y, poco a poco, la pasión se apoderó de ellos. Fue algo muy suave y lento, y resultó mejor de lo que esperaban. Cuando Amanda se quedó dormida, Jack volvió a ponerse el traje de baño y se encaminó hacia la playa. Tenía mucho en qué pensar, mucho que decidir. La miró desde la puerta y sonrió.

11

Esa noche Jack preparó la cena. Amanda lo encontraba muy callado y temía que estuviera enfadado por lo que Jan y Paul les habían dicho. Pero cuando se lo preguntó, respondió que no lo estaba. Parecía muy a gusto, en paz consigo mismo. Se sentaron en la terraza, le cogió la mano y se inclinó para besarla.

–Quiero preguntarte algo –le dijo al fin. Amanda se volvió y lo miró con preocupación–. Esta tarde he pensado mucho. En realidad, últimamente he estado pensando mucho. Lo más fácil parecía darles el niño a Jan y Paul. Era más fácil dejar que tú tomaras la decisión.

–Sigo creyendo que era un gesto muy bonito hacia ellos. –Parecía un poco desilusionada. Amanda aún no estaba muy segura de lo que sentía.

–Y era un gesto maravilloso, admirable. Pero no era correcto. Es probable que Dios lo supiera e hiciera que Jan se quedara embarazada. –Hizo una pausa–. Quiero que nos quedemos con el niño. Es nuestro hijo... Lo quiero de verdad. –Tenía lágrimas en los ojos, pero a pesar de la oscuridad Amanda las vio.

–¿De veras? –Por segunda vez en el día estaba a punto de caerse de espaldas de la sorpresa–. ¿Estás seguro?

–Claro que estoy seguro. Estoy cansado de toda esta tontería moderna. Quiero que nos casemos. Ahora, mañana, inmediatamente. No quiero tener un hijo ilegítimo.

–Bueno, aún tenemos cuatro semanas –sonrió Amanda mientras se preguntaba si lo decía en serio o sólo era un gesto de nobleza–. No estás obligado a hacerlo. Te quiero igual que si estuviéramos casados.

–Yo también. ¿Entonces por qué no nos casamos? Ésta es una manera muy tonta de hacer las cosas. ¿Qué, yo viviré en Malibú y tú en Bel Air y nos veremos los fines de semana? Quiero estar por las noches para darle el biberón y sonarle la nariz. Quiero ver cómo da su primer paso, le sale el primer diente y a ti tu primera cana...

Rieron.

–Lamento decírtelo, pero ya te lo has perdido. Me salió hace unos diez años.

–Entonces no quiero perderme el resto. No sé en qué pensaba, pero estuve tan ocupado protegiéndome a mí mismo durante los últimos veinte años que olvidé protegerte a ti. Y lo más importante, me había olvidado de lo bonito que es. No quiero una parte, o los buenos momentos, lo quiero todo. Quiero estar a tu lado si enfermas, si estás contenta o triste, si me necesitas. Y también quiero que tú estés a mi lado. Aunque empiece a babear al mismo tiempo que nuestro hijo.

Le acarició la barriga con suavidad y Amanda

le cogió la mano, se la llevó a los labios y la besó.

–Yo también quiero estar a tu lado –musitó–. Debo reconocer que eres un gran compañero y me has ayudado mucho. –De pronto parecía preocupada otra vez–. ¿No crees que nos estamos precipitando?

Pero esta vez Jack lanzó una sonora risotada.

–Amanda, te quiero. ¿Te has mirado en el espejo? ¿Has visto tu barriga? No, no creo que nos estemos precipitando. Casémonos el próximo fin de semana. Llamaré a los chicos, y si alguno dice algo desagradable lo desheredo. Y pienso advertírselo. ¡Y eso cuenta también para Louise! Ya es hora de que tus hijas te apoyen un poco, en lugar de esperar todo de ti, que las aceptes aunque te digan lo que les da la gana. Esta vez quiero ver sonrisas y que nos feliciten. Nos lo deben.

Amanda vio que no bromeaba, y le encantó.

Al día siguiente, Jack hizo exactamente lo que había dicho. Llamó a los hijos de ambos para anunciarles que se casaban el sábado siguiente. Le había pedido a un viejo amigo suyo, un juez, que los casara. Harían la ceremonia en la tienda y después una fiesta para doscientas personas.

Jack y Gladdie se ocuparon de todo. Aunque a Amanda le costara reconocerlo, estaba demasiado cansada. Se sentía como si estuviera embarazada de catorce meses, y además lo parecía.

Jack incluso encontró un vestido para ella, un hermoso Gazar de color crema que caía sobre su amplia figura en forma de pétalos. Era perfecto. Llevaría un tocado de flores y un ramo de rosas, orquídeas y fresas. Las dos hijas habían accedido a ir, y

Jack les había dicho que pasasen por la tienda para elegir vestidos. Jan no había puesto reparos a ir, pero Louise, naturalmente, sí, aunque le había prometido por teléfono que el día de la boda se mostraría amable. Sin embargo, se puso furiosa de que la hubiera llamado él. Pensaba que debía haberlo hecho su madre. Siempre estaba enfadada por algo.

Por fin llegó el día del enlace. Jack y Amanda dieron un breve paseo por la playa de Malibú y luego ella se marchó a su casa para vestirse en compañía de sus hijas. Las dos habían accedido a ayudarla. Estaba tan nerviosa como cualquier novia y cuando se puso el vestido le temblaban las manos. El peluquero había ido a su casa para peinarla. Le hizo el moño que siempre usaba, su peinado característico. Estaba espectacular, incluso con sus ocho meses y medio de embarazo.

—Estás preciosa, mamá —le dijo Louise, detrás de ella, a la imagen del espejo en el momento en que Jan había bajado a buscar el ramo.

—Gracias —respondió Amanda y se volvió—. No estás enfadada conmigo, ¿verdad? —De todas formas, aunque lo estuviera, Amanda estaba haciendo exactamente lo que quería.

—No estoy enfadada, pero todavía echo de menos a papá, por muy insoportable que fuera de vez en cuando.

Tenía lágrimas en los ojos. No sólo había perdonado a su madre sino también a su padre.

—Yo también lo echo de menos, Lou. —La madre la estrechó entre sus brazos y luego se apartó para mirarla. Era una persona difícil, pero esencialmente decente—. Pero amo a Jack.

–Es un buen hombre –reconoció Louise. Se le volvieron a humedecer los ojos. Había algo que tenía que preguntarle a su madre–. ¿Lo habrías hecho por mí, mamá? Quiero decir, si no pudiera tener hijos, me habrías dado el niño.

Era una pregunta que la había atormentado desde el principio.

–Por supuesto, habría hecho lo mismo por cualquiera de vosotras dos.

–Siempre he pensado que la querías más a ella. Siempre ha sido muy especial para ti.

La voz de Louise se quebró con un sollozo y Amanda se quedó impresionada por sus palabras.

–Y tú también, querida. Ambas sois especiales. Os quiero a las dos. Claro que lo habría hecho por ti. ¿Cómo puedes pensar otra cosa?

–Bueno, supongo que soy tonta. Cuando se lo comenté a Jerry, me dijo que seguro que lo habrías hecho por mí.

–Pues es más listo que tú.

En aquel momento, Louise la sorprendió aún más:

–Me alegro de que te quedes con el niño. Te hará bien. Te ayudará a mantenerte joven o... te volverá loca.

–Seguramente las dos cosas –sonrió Amanda también con lágrimas en los ojos. Jan volvió a la habitación.

La madre volvió a abrazar a la hija mayor e intercambiaron una mirada de complicidad. Nunca les había pasado algo así. Después se volvió hacia las dos hijas y les preguntó si estarían con ella cuando tuviera el niño.

–Creo que Jack no será capaz. Casi vomita en la clase de parto natural.

Louise rió. Parecía halagada por el pedido.

–Jerry también, pero cuando llegó el momento se sobrepuso. A lo mejor a Jack le pasa lo mismo.

–No creo que los hombres de su generación estén preparados para un parto.

–Sí, estaremos contigo. –Jan rodeó el hombro de su hermana y las dos le sonrieron a la madre.

–No creo que sea antes de dos o tres semanas, pero quiero asegurarme de encontraros cuando llegue el momento.

–No te preocupes, mamá –respondieron a coro en el momento en que llegaba la limusina y el fotógrafo.

Al salir, de tan nerviosa que estaba, casi se olvidó del ramo, pero a pesar de todo estaba espléndida. Las hijas la ayudaron a subir al coche, y todas se rieron de lo que le costaba. A esas alturas del embarazo casi no podía moverse.

Al llegar a la tienda, las tres se quedaron deslumbradas. Las flores eran espectaculares; tenían literalmente un techo de orquídeas, rosas y lirios encima. Era lo más hermoso que Amanda había visto en su vida. De pronto, cuando se vio de pie junto a Jack, con el juez delante y los hijos a un lado, la embargó la emoción. Esa boda era tan importante para ella como la primera, o quizá más. Era más sensata y sabía lo que significaba tener a Jack. A esas alturas de sus vidas estaban hechos el uno para el otro.

El juez los declaró marido y mujer y, tal como Jack había pedido, hubo sonrisas y felicitaciones de verdad. Toda la familia posó para las fotos y brindaron con champán, salvo Amanda que tomó un refresco. Los invitados llegaron al cabo de veinte minutos. Era una gran fiesta de bodas.

Todos se quedaron hasta medianoche. Amanda estaba tan cansada que Jack no se atrevió a hacerla quedar más. Lanzó el ramo desde la escalera y lo cogió Gladdie, mientras George Christy anotaba los nombres de los presentes. Era el único miembro de la prensa que Jack había invitado.

Cuando se marcharon, los empleados les arrojaron pétalos de flores. No iban muy lejos. Pensaban pasar los siguientes dos días en el hotel Bel Air, a dos manzanas de la casa de Amanda, pero ella ya estaba ansiosa por llegar y quitarse la ropa.

Aunque había sido el día más feliz de su vida, estaba completamente agotada. Jack condujo hasta Bel Air con Amanda apoyada en su hombro. Había insistido en ir en el Ferrari rojo, decorado con globos y cintas de satén. En el cristal trasero alguien había escrito con pintalabios: «Recién casados.»

–Me siento otra vez como un muchacho –le dijo radiante de alegría. Estaba encantado.

–Y yo como una abuela muy gorda –rió Amanda–. Gladdie y tú lo habéis hecho perfecto. Ha sido maravilloso. Me muero de ganas de ver las fotos.

Jack pidió que les llevaran champán y un refresco a la habitación. En cuanto se marchó el botones, la ayudó a quitarse la ropa. Amanda casi no podía moverse cuando se tumbó en la cama en sostén y medias. Hacía horas que le dolía la espalda, pero no quería decirlo para no estropear la velada. Se apoyó sobre las almohadas con un suspiro de felicidad.

–Dios mío... Seguro que me he muerto y estoy en el cielo –dijo riendo.

Jack la miró con una sonrisa. Era un hombre feliz, tenía todo lo que deseaba. El pasado había desaparecido.

–¿Quieres algo? –le preguntó mientras se quitaba la corbata.

–Una grúa –respondió ella con una sonrisa–. Creo que no podré levantarme nunca más ni para ir al lavabo.

–Te llevaré en brazos –se ofreció él con galantería.

–Te hundirías.

Dejó el traje sobre la silla y se acostó a su lado con una copa de champán. Cogió unas fresas y unas trufas que el hotel había puesto en la mesilla de noche.

–Prueba –le dijo poniéndole un trocito de chocolate en la boca. Amanda suspiró de satisfacción mientras él estudiaba las cintas de vídeo que había–. ¿Qué tal una porno?

–Creo que no estoy para esos trotes –rió ella.

–¿Ni en nuestra noche de bodas?

–Ahora que estamos casados, ya no tenemos por qué hacerlo.

Jack sonrió y puso una cinta de vídeo. Pero cuando empezó a hacerle caricias, ella lo miró con expresión compungida.

–Cariño, me gustaría, pero creo que no podré quitarme el resto de la ropa.

—Yo te ayudo —respondió él.

Amanda se dio cuenta de que su flamante marido se había bebido unas copas de más y sonrió. Salió de la cama y fue al lavabo. Era la enésima vez que iba esa noche. El dolor de espalda se le había agravado en la cama.

—Creo que voy a tomar una ducha —le dijo desde la puerta.

—¿Ahora?

Era la una de la madrugada, pero Amanda pensaba que una ducha caliente le haría bien. Estaba extenuada y lamentaba sentirse tan mal en su noche de bodas. Pero había sido un día largo y agotador, y había pasado horas de pie. Tenía los pies hinchados como dos globos.

La ducha la hizo sentir un poco mejor, y cuando volvió a la cama, en la película porno seguían practicando el sexo infatigablemente mientras Jack roncaba suavemente. Se sentó en el borde de la cama y lo miró mientras pensaba en qué extraña era la vida, que reunía a diferentes personas en diferentes épocas. En ese momento no se imaginaba con nadie más que con él.

Se metió en la cama a su lado, y al cabo de un minuto apagó la luz y el televisor. Pero nada más acostarse, el bebé empezó a patear. Iba a ser una noche larga, pensó. Se quedó tumbada durante lo que parecieron siglos sin poder conciliar el sueño. Aún le dolía la espalda, pero además sentía una presión muy rara, como si la criatura se pusiera cabeza abajo. En ese preciso instante, una punzada en el bajo vientre le avivó su memoria. Estaba de parto. Y la punzada era una contracción.

Al principio eran suaves y a intervalos de diez minutos. Eran lentas, intensas y regulares. A las tres de la madrugada, tumbada en la oscuridad junto a Jack, notó que tenía contracciones cada cinco minutos. No sabía muy bien si despertar a Jack. Si faltaba mucho, era una tontería; sin embargo, él la oyó ir al lavabo.

—¿Estás bien? —preguntó adormilado cuando ella volvió a la cama.

—Creo que estoy de parto —murmuró.

Jack se incorporó de un brinco.

—¿Aquí? ¿Ahora? Voy a llamar al médico. —Encendió la luz de un manotazo.

—Creo que todavía falta.

Pero, nada más decirlo, sintió un dolor agudo que le hizo apretar los dientes y retorcerse en la cama. Se le pasó en menos de un minuto.

—¿Estás loca? ¿Quieres tener el niño aquí? —Jack saltó de la cama y se puso los pantalones.

Amanda se rió de él, pero tuvo otra contracción. De pronto las tenía a intervalos de dos minutos.

—Pero si ni siquiera he deshecho la maleta —dijo en medio de los dolores—. Al menos quería pasar una noche aquí.

—Cuando tengas el niño, te prometo que volveremos a este hotel. Pero ahora levanta el trasero de la cama para llegar al hospital antes de que nazca.

—Pero no tengo nada que ponerme.

—¿Y qué tiene de malo lo que llevabas?

—No puedo ir con el vestido de novia. Pareceré una tonta.

—No le diré a nadie lo que es, pero vístete, Amanda, por favor... ¿Qué haces?

–Tengo una contracción –respondió con los dientes apretados por el dolor.

Jack se cogió el estómago.

–Creo que el champán estaba envenenado –dijo.

–A lo mejor tú también estás de parto –se burló Amanda en cuanto se le pasó el dolor–. Llama a Jan y Louise –le pidió mientras intentaba salir de la cama con bastantes dificultades.

–Llamaré una ambulancia.

–¡No quiero ninguna ambulancia! –replicó entre el llanto y la risa cuando empezó la siguiente contracción–. Me llevarás tú.

–No puedo, estoy borracho como una cuba. ¿No lo ves?

–No, para mí estás bien. Pero si no puedes, conduciré yo. Llama a Jan y Louise.

–No sé los números, y si no te pones el maldito vestido de novia ahora mismo, llamaré a la policía para que te detengan.

–Eso sí estaría bien –dijo con la voz amortiguada por el vestido que se pasaba en aquel momento por la cabeza. Sin embargo, cuando intentó ponerse los zapatos, vio que tenía los pies demasiado hinchados–. Tendré que ir descalza –añadió con sentido práctico.

–Amanda... por favor... –Jack arrojó la maleta sobre la cama y empezó a rebuscar dentro. Milagrosamente, encontró un par de zapatillas–. Ponte esto.

–¿Pero qué os pasa a la gente de la moda? ¿Por qué no puedo ir descalza?

–Porque parecerás una loca.

Eran las cuatro de la madrugada y ya estaban

en la puerta de la habitación, pero Amanda sintió un dolor tan fuerte que tuvo que apoyarse contra el marco. Jack empezó a gemir, pero ella se apoyó en su hombro y echaron a andar poco a poco hacia la salida, donde tenían aparcado el coche. Pareció una caminata eterna, y les llevó más de diez minutos llegar. Amanda, por un momento, pensó que tendría la criatura antes de llegar al Ferrari.

Se sentó en el asiento del conductor y abrió la mano, suplicando mentalmente que no se hubieran olvidado de las llaves. No quería esperar ni un minuto más. Por suerte, Jack las tenía en el bolsillo, se las dio y se sentó en el asiento del pasajero. Mientras salían del aparcamiento y cruzaban las calles de Bel Air a toda velocidad, le dio el número de Jan y le dijo que la llamara.

—Dile que llame a Louise y que vayan deprisa a la sala de partos. Llegaremos dentro de cinco minutos.

—Pensará que estoy de geriátrico.

—Cálmate y lo harás muy bien —le dijo con una sonrisa.

Vaya manera de pasar la luna de miel: de un momento a otro serían padres; incluso tuvo que salir de la carretera para la siguiente contracción.

—¡Dios mío! —gritó Jack—. ¿Qué haces?

—Estoy tratando de destrozar tu Ferrari mientras tengo una contracción.

Más que una mujer recién casada parecía la niña de *El exorcista* y Jack la miró espantado.

—¡Joder! ¡Creo que estás en *transición*!

—No me digas qué coño me pasa. Cállate y llama a mi hija.

–Es eso... es eso... es lo que ese monstruo de profesora decía... que de pronto empezarías a comportarte como una completa desconocida. ¡Es la *transición*!

Amanda no sabía si reírse o matarlo, pero al menos llamó a Jan y le dijo que su madre estaba en transición.

–¿Es una broma? –preguntó Jan con voz de dormida. No sabía de qué hablaba. Era evidente que ella también se había tomado unas copas de más en la boda.

–¡No, hablo en serio! –gritó histérico por el teléfono–. Está a punto de dar a luz y vamos camino del hospital. ¡Tu madre está en transición, parece una desconocida!

–¿Estás seguro de que es mamá? –se burló Jan. Jack estaba aún más nervioso de lo que su madre había imaginado.

–Bueno, al menos lleva el mismo vestido de novia y quiere que llames a Louise. ¡Pero date prisa!

–¡Estaremos allí dentro de diez minutos! –dijo y colgó en el preciso instante en que Amanda frenaba de golpe delante del hospital.

Abrió la puerta y le lanzó una mirada de exasperación a su flamante marido.

–Apárcalo tú. Yo no tengo tiempo. Y no lo rayes si no quieres que mi marido te mate.

–Muy graciosa, señora. No sé quién es usted pero es muy graciosa. Se parece mucho a mi mujer –le comentó a un guardia, que meneó la cabeza y señaló dónde debía dejar el coche.

El guardia se imaginó que, como todo el mundo en Los Ángeles, iban colocados.

Amanda ya estaba en el vestíbulo sentada en una silla de ruedas. Les dio el nombre de su médico, y, tal como le habían enseñado en el cursillo, empezó a respirar hondo y con fuerza. Las contracciones eran cada vez peores.

–¿Qué haces? –le preguntó Jack. Y en aquel momento lo recordó–. Ah sí... me he olvidado del cronómetro. –Pero una enfermera ya se había acercado y la llevaba deprisa hacia el ascensor. Amanda sujetaba con fuerza los apoyabrazos–. ¿Estás bien, querida? –le dijo nervioso–. ¿De veras estás…?

–¿Quieres saber cómo estoy?

Casi no se le oía la voz en medio de una contracción, pero ya parecía un poco más la Amanda de siempre. A lo mejor había salido de la transición.

–Bueno, no pareces radiante –le dijo él con franqueza–. ¿Es tan terrible como nos dijeron?

–Terrible es poco. Me siento como si me estuvieran abriendo con una sierra mecánica.

–¿Y qué hay de eso del labio superior que se estira hasta la frente?

–Eso viene después.

–Qué suerte, me muero de ganas de verlo.

La llevaron a una habitación del tercer piso, le pusieron un camisón del hospital y le dieron a Jack una gorra de plástico y una especie de pijama verde.

–¿Y esto para qué es? –preguntó aterrado.

–Para usted, por si quiere ver el nacimiento de su hijo –respondió la enfermera y llamó a un residente para que examinara a Amanda.

El médico entró en la habitación al cabo de dos minutos, mientras Jack se cambiaba, y anunció que

Amanda tenía una dilatación de ocho centímetros y que iba deprisa. Cuando Jack terminó de vestirse, ya estaba en nueve.

–Pónganme la epidural... –pidió agarrada a los barrotes laterales de la cama en medio de la siguiente contracción–. Morfina... Demerol... lo que sea... pero denme algo...

–Es demasiado tarde, señora Kingston –le dijo la enfermera con suavidad–. Tendría que haber estado aquí con una dilatación de siete centímetros.

–Estaba ocupada. Tuve que conducir el Ferrari de mi marido hasta el hospital. –Se echó a llorar. No era ninguna broma y se volvió furiosa hacia la enfermera–. ¿Me está diciendo que si hubiera llegado hace media hora me hubieran puesto la epidural? Es culpa tuya –le reprochó a Jack, que emergió en aquel momento del cuarto de baño con pinta de auxiliar de enfermería.

–¿De qué tengo la culpa? Ah sí... –Miró la enorme barriga–. Sí, supongo que sí. Por cierto –se volvió imperioso hacia el médico–, ella no es la señora Kingston.

–¿Ah no? –se asombró el médico al tiempo que cogía la historia clínica con el nombre claramente escrito–. Aquí dice «señora Kingston».

–Es la señora Watson –lo corrigió Jack, todavía un poco achispado por el champán.

Amanda sabía que tardaría horas en recuperar la sobriedad.

–No importa quién soy. Llame a mi médico. ¿Dónde está?

–Aquí estoy, Amanda –dijo una voz serena desde la puerta.

–Qué bien. Quiero que me anestesien y no quieren.

El médico habló con el residente durante un minuto y asintió.

–¿Qué le parece un poco de morfina?

–Fantástico.

En menos de cinco minutos estaba conectada a un monitor y le habían dado una inyección intravenosa. El sólo hecho de ver esa operación provocó a Jack unas náuseas terribles. Estaba sentado en una silla del rincón con los ojos cerrados; toda la habitación le daba vueltas.

–Déle un café bien cargado al señor Watson –le dijo el médico a la enfermera.

–¿Por vía intravenosa? –sonrió ésta levantando una ceja.

–Buena idea.

El equipo médico sonrió y Jack abrió un ojo y los miró mientras Amanda tenía otra contracción; pero esta vez no tan dolorosa gracias a la morfina.

–¿Por qué todos hacen tanto ruido? –se quejó Jack en el momento en que entraban Jan y Louise y se dirigían presurosas hacia su madre.

–No deberías estar aquí –le susurró Amanda a Jan adormilada por la morfina, mientras Louise iba a buscar un poco de hielo. Cuando ella estaba de parto era lo único que le apetecía.

–¿Por qué no, mamá? –Jan le acarició la mejilla y el pelo.

–Porque después no querrás tener hijos. Es horrible. –Y tras pensárselo un instante con los ojos cerrados, añadió–: Pero vale la pena. Te quiero, cariño –murmuró un poco ida. Louise regresó con el hielo–. A ti también te quiero, Louise… –le dijo agradecida.

Jack seguía sentado en el rincón tomándose un café.

A las cinco, cuando el médico volvió a examinarla, decidió que estaba preparada para que la trasladaran a la sala de partos. En ese momento empezaba a pasársele el efecto de la morfina, y Amanda volvió a quejarse.

–Me siento muy mal... Me duele mucho...

–Porque estás a punto de tener un hijo –le dijo Louise.

Jack se levantó y se acercó. Parecía mucho más sobrio.

–¿Qué tal estás, querida? –preguntó con cara compungida.

–Fatal.

–Ya. –Miró a la enfermera con ceño–. ¿Por qué no le da algo? ¿Por qué no la duerme, por el amor de Dios?

–Porque está a punto de tener un bebé y tiene que empujar.

–No quiero empujar. Detesto empujar… Detesto todo esto.

Lo único que le había hecho la morfina era atontarla, pero seguía sintiendo dolor.

–Pronto habrá pasado todo –le dijo Jack mientras seguía a la camilla hasta la sala de partos y se preguntaba cómo había hecho para meterse en todo esto.

No quería ver el parto, pero tampoco quería dejarla. Las dos hijas iban justo detrás de él. El solo hecho de ver el material quirúrgico de la sala

de partos le produjo mareos. Les dieron un taburete a cada uno detrás de la cabecera de la parturienta, y a ella prácticamente la sentaron en la camilla con las piernas en los estribos. Encima había
un moisés de plástico, con una lámpara de
infrarrojos para mantenerlo caliente. De pronto
todo cobró sentido para Jack. Estaban allí por algo,
no sólo para verla sufrir.

Pero al cabo de un rato, parecía como si eso
fuera lo único que hicieran. Amanda empujó durante dos horas sin conseguir nada. El bebé era
enorme. El equipo médico intercambió comentarios entre susurros, el médico echó un vistazo al
reloj y asintió.

—Le daremos otros diez minutos —dijo.

Pero Jack estaba alerta y lo oyó.

—¿A qué se refiere?

—El bebé no se mueve mucho, Jack —le respondió en voz baja el médico—, y Amanda está bastante
cansada. Quizá debamos echarle una mano.

—¿Qué tipo de mano? —Estaba aterrado. Pero
sabía la respuesta antes de que se la dieran: una
cesárea. Recordó la película del cursillo, aquella en
la que parecía que cortaran en dos a una mujer con
una sierra mecánica—. ¿Es necesario?

—Ya veremos. A lo mejor no, si ella nos ayuda.

A esas alturas, Amanda, se sentía muy mal.
Lloraba y tenía los puños apretados. Las dos hijas
parecían muy preocupadas, pero Jack tenía peor
aspecto que ella.

Al cabo de cinco minutos la situación no había
mejorado. Estaban todos de pie esperando la siguiente contracción, cuando de pronto sonó una

alarma y todo el equipo médico se puso en acción inmediatamente.

—¿Qué es eso? ¿Qué pasa? —preguntó Jack asustado.

—El monitor fetal, Jack. El niño tiene problemas —respondió el doctor, demasiado ocupado para explicarle nada más.

Dio rápidas instrucciones mientras el anestesista le decía algo a Amanda, que no dejaba de llorar.

—¿Qué tipo de problemas? —Jack estaba desesperado por saber lo que pasaba pero nadie le explicaba nada.

—Tienen que salir de aquí, todos —dijo el médico en voz alta, y le preguntó al anestesista—: ¿Tenemos tiempo para una epidural?

—Lo intentaré.

De pronto hubo un gran ajetreo, carreras, órdenes, ruido por todas partes. Amanda, como un animal herido, alargó el brazo y le cogió la mano a Jack. Las hijas ya habían salido de la sala de partos, pero él no podía dejarla. No le podía hacer eso.

—He asistido al cursillo —le dijo a cualquiera dispuesto a escucharlo—. Fui al cursillo del hospital con las películas de las cesáreas... —Pero nadie le hacía caso.

Tenía los ojos clavados en el monitor, mientras el equipo médico seguía intentando sin éxito sacar a su hijo de las entrañas de Amanda.

Para entonces ya le habían puesto la epidural, y el médico miró a Jack muy serio.

—Siéntese y háblele.

Pusieron una cortina delante de él para que no

viera la operación, sino sólo la cara de Amanda. El anestesista parecía hacer cien cosas al mismo tiempo. Jack trataba de no mirar las bandejas de instrumentos que veía pasar de un lado a otro, y se concentró sólo en los ojos de su mujer, en su cara y en el terror que veía allí.

–No te preocupes, querida, estoy aquí. Todo saldrá bien. Sacarán al niño en un minuto.

Se sorprendió suplicando en silencio que no fueran mentiras.

–¿Está bien? ¿El niño está bien? –Amanda hablaba y lloraba al mismo tiempo, pero había dejado de sentir dolor.

Jack seguía hablándole, diciéndole lo mucho que la quería.

–El niño está bien –le aseguró, deseando que fuera cierto y rezando para que no le pasara nada ni al niño ni a ella.

Amanda ya había sufrido mucho y era hora de que la criatura naciera, pero la operación parecía no acabar nunca. Las gotas de sudor y las lágrimas le resbalaban por las mejillas y caían en la sábana donde se mezclaban con las de ella. De pronto hubo un silencio en la sala y Amanda se echó a llorar con más fuerza, como si supiera que algo terrible estaba a punto de suceder. Lo único que Jack podía hacer era besarla y decirle cuánto la quería. Pero si el niño moría, ¿cómo iba a consolarla? Sabía que, hiciera lo que hiciese, sería imposible. De pronto, mientras la miraba y rezaba para que el niño viviera, oyeron un pequeño llanto que llenó toda la sala de partos. Amanda abrió los ojos de par en par maravillada.

–¿Está bien? –Estaba agotada, pero era lo único que quería saber.

–Perfectamente –se apresuró el doctor a tranquilizarla.

Cortaron el cordón y pusieron al recién nacido en una báscula para pesarlo. Jack se levantó para ver a su niño, a su hijo. Cinco kilos, ciento setenta gramos... ¡casi cinco kilos doscientos! Tenía los ojos azules de la madre y una mirada de asombro, como si hubiera llegado antes de lo debido. Y así era. Se había adelantado casi tres semanas.

Lo limpiaron, lo envolvieron en una mantita y lo pusieron junto a la madre, pero Amanda aún tenía los brazos atados a las barras, de modo que no podía cogerlo. Jack lo levantó por ella y se le llenaron los ojos de lágrimas al ver cómo miraba a su hijo por primera vez y lo rozaba con la mejilla. Nada en su vida lo había emocionado tanto como esa mujer a la que quería con locura y ese hijo inesperado para los dos. Era como si hubiera dado a luz un pequeño sueño, una gran esperanza de futuro, un regalo especial del cielo. Mientras miraba a su mujer y su hijo, rejuveneció de golpe. Era un regalo mágico para el futuro, como si se abriera una ventana a un nuevo amanecer.

–Es tan hermoso –susurró Amanda mirando a Jack–. Se parece a ti.

–Espero que no –dijo Jack con las mejillas llenas de lágrimas mientras se inclinaba para besarla–. Gracias... por haberlo conservado... por quererlo incluso cuando yo no lo quería.

–Te amo –le respondió Amanda adormilada.

Eran las ocho de la mañana y el niño acababa de cumplir diez minutos.

—Yo también te amo.

Se quedó mirándola mientras se dormía y luego llevó al niño a la nursery, mientras el equipo médico terminaba de ocuparse de la madre.

Se sentó y siguió mirándola durante un buen rato. Cuando Amanda salió de la sala de recuperación y la llevaron a la habitación, estaba profundamente dormida, pero Jack no se separó de ella ni un instante.

Las hijas y Paul, que ya se había enterado de la buena nueva, los esperaban allí. Todos sonrieron.

—¡Felicidades!

Louise fue la primera en decirlo, y por una vez lo decía en serio.